· 全民微阅读系列 ·

最后的箫声

万芊 著

江西高校出版社

图书在版编目（CIP）数据

最后的箫声 / 万芊著. —— 南昌：江西高校出版社，2017.3（2021.1重印）
（全民微阅读系列）
ISBN 978-7-5493-4940-1

Ⅰ. ①最… Ⅱ. ①万… Ⅲ. ①小小说—小说集—中国—当代 Ⅳ. ① I247.82

中国版本图书馆 CIP 数据核字（2016）第 320398 号

出版发行	江西高校出版社
社　　址	江西省南昌市洪都北大道96号
总编室电话	（0791）88504319
销售电话	（0791）88592590
网　　址	www.juacp.com
印　　刷	永清县晔盛亚胶印有限公司
经　　销	全国新华书店
开　　本	700mm×1000mm 1/16
印　　张	14
字　　数	160千字
版　　次	2017年3月第1版 2021年1月第2次印刷
书　　号	ISBN 978-7-5493-4940-1
定　　价	45.00元

赣版权登字 -07-2016-960

版权所有　侵权必究

图书若有印装问题，请随时向本社印制部(0791-88513257)退换

目录

第一辑　陈年佳酿 / 1

旷世之恋 / 1

相约钥匙桥 / 5

外婆的压岁钱 / 9

苏州亲眷 / 13

画老虎 / 17

做爹的腿 / 22

二拜高堂 / 26

第二辑　古镇今事 / 30

醉吻 / 30

老眼镜 / 34

腐化墙 / 38

揩谷 / 42

葱白 / 46

铁算盘 / 50

李渊大作 / 54

撮合 / 57

第三辑　闲人笔记 / 62

保护伞 / 62

冰河 / 65

彼岸 / 70

伤心 / 73

煤油之恋 / 77

遥远的木风琴 / 81

公众影响 / 85

第四辑　小人大事 / 89

最后的爱 / 89

船过三号闸 / 92

臭蛋 / 97

最后的箫声 / 99

学走路 / 103

特殊学生 / 107

六个心愿 / 110

第五辑　官场旁记 / 115

执行公务 / 115

两个倔老头 / 119

新官上任"三把火" / 123

流行歌曲 / 126

请你帮忙犯点错 / 130

"皮鞋斯" / 133

筑乡路 / 137

第六辑　周庄叙事 / 142

失乐园 / 142

夜泊周庄 / 145

周庄之夜 / 149

周庄人家 / 153

嫂子要生了 / 156

第七辑　李斯小传 / 161

初恋 / 161

大实话 / 165

遥远的情书 / 168

一手好字画 / 172

高升之后 / 175

暧昧之旅 / 178

把自己诬陷了 / 182

腐败狗 / 185

第八辑　并非传奇 / 190

护送 / 190

鲅鱼阿胡子 / 195

三抢老娘 / 198

报信 / 201

陪床 / 205

讨工钿 / 209

遛鱼王 / 213

第一辑　陈年佳酿

某日傍晚，一发小约我等诸友去其家中小酌。说其父腾空供销社老仓库时，竟然在翻到几甏陈酒。我们应约而往。开甏，甏口酣醇幽香。倾甏，黏黏糊糊，一甏酒竟然只倒出两碗酒，厚若膏脂。喝两个时辰，所有的人都在不知不觉中酩酊大醉。此乃陈年佳酿也！

旷世之恋

插队青年六多能够回城那年，他30岁，金婶已经60岁，可六多犹豫着，他找公社干部，问怎么可以把金婶一起带回苏城。干部说，除非你们结婚。

那已经是30年前的事了。30年前，程六多是最后一个离开金泾村的苏城插队青年。那年他正好30岁。

六多原本是执意不回城的，他心里放不下金婶。金婶那年60

最后的箫声

岁。金婶其实也不是金泾村人,金婶是早年随"坏分子"丈夫回老家劳动改造一起在金泾村落的户,他们夫妻俩原本是上海一所名牌大学的同学。六多20岁到金泾村插队时,金婶的丈夫刚刚生病过世。六多正巧被小队长安排在新寡的金婶家搭伙。六多在家是阿六头,他上面有五个哥哥。六多到金婶家搭伙时穿的一身旧军装似乎好久没有洗过发出一股陈腐的馊味。吃饭时,金婶强剥下六多的旧军装洗了。一洗洗了十年。六多也一直在金婶家搭伙,金婶有啥好吃的总给六多留着。

金婶没有子女,金婶一直把六多当儿子待。六多没娘,六多一直把金婶当娘。金婶在大城市待过,平时会修饰自己,似乎比实际年龄要年轻好多。金婶独自住,深更半夜总不得安宁,到六多屋里过夜避祸是常有的事。后来,六多干脆住到金婶家。生怕有事,六多过节也不回苏城。为守护金婶,六多多次半夜里举着铁锹跟人拼命,险些闹出人命。

30年前,六多按照当时的政策能够返城了,可六多犹豫着,他找公社干部,问怎么可以把金婶一起带回苏城。干部说,除非你们结婚。

金婶催着六多赶紧回城,六多却要拉着金婶去公社登记结婚。金婶死活不肯,六多说你如果不同意,我就永远留在金泾村。其实,那时六多的爹也过世了。六多爹唯一留下的一间小屋,被五个哥哥和他的嫂子们争得硝烟四起，回城对六多已没多大诱惑。

为了六多能够回城，金婶同意结婚。就这样，相差30岁的他们一起到了苏城，先是住一间租的小屋，后来街道里给了一套小廉租房。六多回城后被安排在街道厂做热水瓶壳子，金婶找不到工作，只能给人家带孩子赚钱贴补家用。

日子安定下来后，金婶张罗着给六多相亲。六多总是扬着他们的结婚证书告诉别人，他有妻子。有时还带人看他们的家，告诉别人那是他们的婚床。金婶说，离了婚，我还可以做你的娘，帮你们洗衣烧饭带孩子。六多说，我只要你做我的老婆，我要我们一起到老。金婶说，我已经老了，已经不能给你生孩子了，你还年轻。六多说，其实你的心比我年轻。六多常和金婶同出同进，四周人背后常说，六多的老婆老是稍微老些，然气质很好，有这样老婆倒也是六多的福气。金婶又张罗着领养个女孩，说待她百年以后，他们父女可以相依为命。然六多把领来的女孩送还了福利院。

过了十几年，六多的街道厂经营不善关门了，六多啥都不会只能回家待岗。金婶说年纪大了带小孩有点累，干脆改行教小孩学英语。六多没有想到金婶的英语水平很好。孩子家长都看好金婶，给钱也大方。六多负责接送孩子，尽心当起托教小孩的保安。

一早，六多总是为金婶买好花样早餐。到了傍晚，金婶总拉六多去小区外跳广场舞。四周人背后也常说,六多的老婆年纪不小,然不见老,六多跟她倒也很般配,有这样老婆也是六多的福气。

只是六多过了60岁生日,突然觉得身子不怎么舒服,看了几次医生,医生说他已动不了手术,只能一次次保守化疗。人一下子瘦了。金婶日夜在六多身边忙乎,给他擦头上的虚汗,给他喂吃的。临床家属见了对六多说,你娘待你真好。六多强忍着不舒服微笑着说,她是我老婆。临床家属自觉失言,由衷地说,你有这么好的老婆真有福气。到了晚上,金婶就睡在六多的病床上,一人一头捂着脚。

六多在医院里住了整整三个月,金婶也在医院里陪了九十来天。病房里都知道这对恩爱夫妻相差三十岁。金婶人缘好,累了总有人帮她。

连着几次病危,六多最终没能挺过来。一天凌晨,六多安详地走了。六多走,是金婶告诉护士的。护士说,医院里夜深人静的,你千万不能哭。金婶说,六多先走,是他的福气,人总是要走的。金婶在护士的帮助下,给六多擦拭了身子,最后一次替他刮了胡子,梳理了头发,穿上事先备好的寿衣。金婶的动作缓慢、稳当,一点也不凌乱。金婶毕竟是个过来人,40年前,她也是这样送前夫走的。给六多穿好寿衣,金婶在六多瘦削的额上深深地吻了一下。金婶没哭,只是缓慢地在病床边的椅子上坐了下来。金婶太累了。

待护士办完例行手续重新回到病房时，发现椅子上的金婶有些异样，有经验的护士不放心，轻轻推推金婶，发现金婶也走了。一个九十岁的老人，实在折腾不起。

在整理他们病房时，有护士发现金婶椅子边的包裹里竟是她自己的寿衣。里面有一张事先写好的纸条。上面写着：亲爱的护士，请给我穿上我的寿衣，让我体面地离开。

当护士们给金婶穿好寿衣时，所有在场的人惊呆了：金婶为他们夫妻俩准备的竟然是情侣衣。

护士们见了，哽咽起来。

相约钥匙桥

交换了情报，周楠内心激动，说，同志，新中国就要成立了，我的孩子也即将出生了。到时，我们能不能在这再次相会？！对方竟也激动地说，那时，我们就带上孩子，让他们或为兄弟，或结娃娃亲。

1948年9月的一日深夜，月高风清。小学老师周楠受命去周庄与人接头交换情报。周楠在自己学生的精心安排下，借了条小渔船缓缓地靠近约定的接头地点。

最后的箫声

钥匙桥下,两条小渔船缓缓地靠在一起。两位渔人隔着船舷,对火抽烟,聊了几句渔事,正合接头暗号。周楠拿出一把老式铜锁,对方拿出一对铜钥匙。周楠接过钥匙,一试,手里的锁被轻巧打开。两人忍不住把手握在一起,轻轻地互唤了声"同志"。交换了情报,周楠抑制不住内心的激动,说,同志,新中国就要成立了,我的孩子也即将出生了。到时候,我们能不能在这里再次相会?!对方竟也激动地说,我的孩子也即将出生了。我们再次相会的时候,就带上自己的妻子和孩子。周楠又说,如果我们生的都是男孩或女孩,那就让他们结为兄弟或姊妹。对方说,如果两个一男一女,那就让他们结为娃娃亲。周楠说,好的。对方说,一言为定。暗号,新中国万岁!时间,十年后的明日中午。周楠说,好的。信物,就这对铜锁和钥匙吧。两人各取信物,再次握手,互道保重,相继摇船缓缓地离去。

1949年10月,新中国成立。小学老师的周楠从暗处走到明处,被新成立的人民政府任命为北乡第一任乡长。周楠经常背着盒子枪下乡做群众工作,非常忙碌和艰辛。工作之余,他老是想起周庄接头时遇见的地下党同志,只是不知对方姓啥、名啥,天又黑,也只大体记得对方的模样。不知道他怎么样了?!

第十个年头,已经是县委副书记的周楠,大儿子已经读小学了。9月那天,他带着妻子儿子,专门到了一次周庄,早早地守候在钥匙桥上，手里拿着那把铜锁，桥石栏上放一张写有"找同志"的白纸，然苦苦等到天黑，对方一直没有出现。周楠心里蒙上了一层阴影。

之后，周楠的工作一直在变动，职务也在慢慢朝上升。工作总是很忙。然不管再忙，到了第二、第三个十年约定的时间，他总提前准备着，带上妻子儿子早早地守候在钥匙桥，一直到离休以后还是如此。这一约定，他苦苦守候了整整六十多年。

九十一岁高龄的周楠，有一回，看东方电视台寻亲节目时，跟也已退休的大儿子说，解放呀，你想法跟电视台联系联系，了了我一生的心愿。大儿子叫周解放。

周解放联系了东方台，节目组专门到周家，根据老爷子的回忆，到周庄拍了一段模拟情景视频。让周解放做了一回替身。三个月后，节目组让周解放陪着老爷子赶电视台做现场节目。只是，老爷子不慎摔伤了膝盖在家卧床休养，没法去，只能由周解放代表了。

现场直播很顺利，放了视屏，周解放就等着即将出现的激动人心的瞬间。然现场又播了一段视屏。那是一段节目组的寻访实录。主持人介绍，我们节目组在接到周楠老先生和他大儿子周解放提出的寻亲请求后，进行了寻访。首先，我们通过周老先生提供的线索，翻阅了当地的党史资料，知道当年与周老

最后的箫声

先生接头的也是一位小学老师，他叫刘平原，是上海地下党组织派来的。我们进一步寻访时，了解到，刘平原那次接头时，组织内出了叛徒，多名党员被俘被害。刘平原因为到周庄接头，逃过一劫。只是当时形势非常复杂，他所在的小组，几乎被全部破坏，没有第二个人能够证明他的清白，那几年他一直在接受组织的审查。后来，他被安排在上海的一家工厂做普通的工会干部。后来，他被送到苏北老家劳动改造，全家也都跟着去了。整整十几年中，刘平原向组织写了整整一百多万字的历史问题交代。这些资料，都已全部移交到了党史档案馆。我们抽阅了部分书面文本，我们能够从中感受到一位老地下党员对党的赤胆忠心。上世纪七十年代中期，刘平原重新回到上海，恢复了工作，八十年代初期，刘平原光荣离休。只是，非常可惜的是，离休后没几年，刘平原身患绝症。弥留之际，他向家人说出了牵挂一辈子的一个秘密，就是当年在周庄钥匙桥下的约定。他不知道对方姓啥名啥，唯一的线索就是约会的时间、暗号和信物。现在，节目组和周老先生提供的约会时间、暗号和信物对比，安全吻合。

现场，掌声响起。

主持人接着说，我们欣喜地告诉大家，刘平原先生当年生的是女儿。大女儿叫刘媛媛，大学退休老师。我们已经联系到了她。

前一段时间,她在加拿大女儿家领外孙女。为了做我们这场节目,她专门从加拿大赶了过来。

全场,掌声雷动。

屏幕缓缓打开,一位外表端庄、外秀内慧的女子款款步入现场。手里攥着一对锃亮的老式铜钥匙。周解放愣住了。呀,是你呀?!两人相拥一起。原来,他们是77级首届高考时的大学同学,同窗四年,友好交往了几十年。

试锁,一下子打开了。

全场欢呼,掌声经久不息。

电视机前,周老先生喃喃着当年的约会暗号,"新中国万岁",早已热泪盈眶,泣不成声。

外婆的压岁钱

平时一直为一大家子衣食发愁的外婆,到了大年初一早上,竟少有慷慨,每人一个大红包。其实,大红包只是一张张红色的白条。虽是白条,全家仍很渴望。这些白条,总让大家惊喜。

过年时,弟陪妈回了一次陈墩镇老家。

回城后,弟跟我说,这次回老家收获特大,带回了一沓外婆

最后的箫声

的压岁钱。

我说，弟，你别胡说，外婆过世都十多年了，哪来压岁钱？

弟说，真的，哥，不骗你，是外婆的压岁钱，宝贝呢！

我问妈。妈说，是的，在你大舅、大姨那里找到的。

妈原原本本讲了外婆压岁钱的那些旧事。

我妈共生了我们兄妹七人。我爹原先在上海靠教人画画与卖画养家。我九岁那年，我爹得肺痨过世了。我爹过世后，我妈就靠变卖不多的家当和在镇上南货店帮人做事赚些钱。钱不多，妈常为吃穿发愁。

我妈挺能干，我们兄妹的衣服大都是我妈用我爹的旧衣改的，一件长褂常常改了又改、补了又补，大的穿了小的再穿。我爹原先在上海是要出入一些体面场所的，虽说衣服旧些可料子挺好，再加我妈的巧手一拾掇，穿在我们兄妹身上，一个个显得清清爽爽，还带些洋气。

只是我妈再能干也变不出米面来，我们兄妹都在长身子，家里不多的米面煮成稀粥面糊糊，还是不够填饱肚子。我妈常常带着我们去乡下挖野菜、捞野菱、采野果，掺在稀粥面糊糊里吃，自己干脆饿着肚皮睡觉。后来，我大哥学医终于出师了，开始在乡下给人治疮疖赚些小钱贴补家用，妈稍稍缓了口气，但还是常常发愁。

我妈喜欢读书，我妈说话，与人不同，她常跟我们说"与人讲话，看人面色，意不相投，不须强说"，后来我们知道，其实是书上的话。受我妈影响，我们兄妹都喜欢读书，在学校里，功课都挺好。我妈过日子，其实挺讲究，家境虽困窘，也从不让男孩子在人前赤膊、女孩子在人前赤脚。一年中每一个节气，都是按书上老规矩过，该贴春联时贴春联，该挂艾草时挂艾草，该吃粽子时吃粽子。就是我妈裹的粽子特别小巧，谁也不舍得吃。

到了春节，我妈开始忙碌，每一天大家都会沉浸在我妈营造的过年气氛中。大年初一早上，我们都能穿到妈新改做的衣服，吃到妈蒸的南瓜糕，拿到妈隔夜包好的红包。只有这一天，我妈底气十足，财大气粗。压岁钱，每人一大包，这些压岁钱统统加起来，也许就是妈半个月的工钱。我妈红包的外皮是特别鲜艳的红纸，里面还包着大一点的红纸。红纸，是妈在供销社里帮人家打扫卫生时收集起来的边角红纸。为这些红纸，妈常义务去打扫卫生。红纸上，写满小字。我妈用我外公传下来的毛笔，写上规规整整的小楷。红纸上，我妈给每人写上压岁钱的金额。这就是我妈的压岁钱，其实是一张张红色的白条。虽说是白条，我们仍很渴望。这些白条，总让我们惊喜，因为妈在红纸上还写着好多非常精彩的评语，还盖上她自己的私章。我们拿到自己的红包，就偷偷地藏起来。没人时读读妈的评语，

最后的箫声

总会得意好长一段时间。只是我妈从来没有给我们兑现过这些白条。过了年,看着重新愁眉紧锁的妈,我们谁也不敢提压岁钱的事。

我妈取出一幅已经精心装裱的我外婆的压岁钱——红色白条,那秀美的字体和暖心的话语,真的让我眼前一亮。"这一年,姗妹表现最佳,春季挖马兰头,又多又干净。暑时人家送来西瓜,姗妹把自己的一份让给了弟妹。一年里,姗妹受先生上门口头表扬两次。考试居全年级第一。奖姗妹压岁钱六元。"那就是我妈十六岁那年得到的压岁钱。

看着,我有点疑惑,问我妈,你的这些压岁钱白条怎么会在大舅、大姨那里呢?

我妈说,外婆的这些压岁钱,后来大哥、大姐都兑现了。为帮妈,我大姐虽说读书很好,初中毕业后,还是放弃考高中,去乡下做了乡村小学复式班的老师。

我妈又说,这六元,相当于全家当时一个礼拜的生活费,是后来大哥和大姐一起私下里兑现的。第二年,我考取了省城的师范大学,我就拿着这六元压岁钱一直读到大学毕业。其实,除了大哥大姐,我们下面五兄妹全都以特别出色的成绩考取了不用花钱的师范大学。

我弟说,还有,谁也没有想到,外婆竟然传承了一手家乡早已失传的卫泾状元体，县里搞文史的专家把外婆的这些红纸条当成宝贝，宝贝似的取过去放在博物馆里珍藏。

我妈说，虽说我外公是当时镇上很有名气的私塾先生，而我妈却没读过一天私塾。我们家，其他没有，书不少，妈非常珍惜那些书，一有空就拿几本破旧的《三字经》《弟子规》《小儿语》认字、写字。她认了好多字，写了一手好字。

妈感叹，我们兄妹一辈子最佩服的人就是你们的外婆。

苏州亲眷

郝姨到李家帮佣，但不敢对邻居实说，只能对外称亲眷。李家遭难了，郝姨说，到我们乡下去吧，我是你姐呀，这街坊邻居都知道的。

苏州草桥弄李家，男的在新疆画画，女的在小学教书。家里一女三男，李爱、李马、李克、李斯，名字洋气，人也挺讨人喜欢。大女孩与小男孩间，相差十来岁。大的乖，小的有点皮。李师母一个人又要带孩子，又要上班，自然忙不过来。从李爱出生起，李家就开始请保姆。只是那年月里，保姆难请，才做一阵子，就被居委会的人赶走，说不允许剥削劳动人民，李师母很无奈。

最后的箫声

一年开春，有人私下里介绍了个新保姆。介绍人说，她男人生病去了，儿子外出修河堤时出事故也去了，孤身一人，想出来散散心。有人家忌讳，不敢请她。李师母说，我不在乎的。新保姆来了，李家对外称亲眷，李师母叫她好姐姐，孩子们叫她好姨，特亲热。其实，新保姆姓郝。

李先生，在新疆画画，工资挺高。人家十九、廿级国家干部，一月拿五、六十块工资，他可拿到一百七十几块。每月，李先生总准时把大半工资寄回苏州，再由李师母分成若干，日常开销、孩子读书、赡养公婆、保姆工钿。人多开销大，每月也只略有结余。倒是郝姨，挺省的，每月廿四块工钿全积了起来。

郝姨勤快，买汰烧，李家里里外外被弄得清清爽爽、服服帖帖。郝姨嘴甜，不多日，便与左邻右舍挺热络。李师母心细，没穿过的好衣裤拿出来给郝姨穿，礼拜天让孩子们带郝姨逛苏州园林，去饭馆打牙祭从不把郝姨落下。邻里都说，你们姐妹俩，真亲。郝姨有时有点自卑，说，其实我们乡下人待人还是没有城里人想得周到。

一年冬天，李先生的工资迟迟不见寄来，每月一封的家信也突然断了。李师母陷入了莫名的焦虑中，天天跑邮局，然每回总叹气而归。郝姨跟李师母说，大妹子，工钿我拿着也没用，先缓缓给吧。李师母说，钱倒没啥，省着用，就是担心人。郝姨宽慰李师母，说，你这么好的人，老天不会作难你的。

又一年冬里，李先生终于有了消息，一张明信片，寥寥几句话：我在苏北农场劳动，身体蛮好，请家里放心，问孩子们好。

又一年冬里，李先生回家。黑黑的瘦瘦的。回家第一句话，说，单位让我们去苏北老家安家落户。突然的晴天霹雳，李师母哭了。苏北老家在哪？去苏北的日子怎么过？李师母全然不知。李师母懵了。

过几天，郝姨买菜回来，神秘兮兮，拉李师母悄悄说，大妹子，我打探到，苏南有亲眷的，可以去苏南乡下安家落户。李师母说，苏南乡下，我们也没亲眷呀。郝姨说，到我们乡下去，我是你姐呀，这街坊邻居都知道。

李师母点点头，和郝姨去找办事的人。李师母说，苏北老家，我们已经没有人了，我们只有亲眷在苏南乡下。第一次跟人家撒谎，李师母心里惶惶的。郝姨帮腔，说，我是她姐，我们是一个爹两个娘生的。跑了个把月，原先并没有确定的事，终于有了着落。李家全家被安排到淀山湖边上的金泾村安家落户。李先生带薪，只拿部分。李师母辞职，没钱。郝姨说，回村后，我照样照应你们，不拿工钿。李师母挺歉意，说，算我们先欠着，等好转了，一起补给你。

金泾村的金队长带人摇了木帆船来苏州接人。在充溢桐油味

最后的箫声

的船舱里，郝姨和李家六人蜷缩着，刺骨的寒风割得脸生痛。

到了金泾村，李家的住宿，让队长犯了难。李先生夫妻俩带李斯住队长家，李爱带李马住妇女队长家。郝姨带李克住自己家。一家分三处住，忙坏了郝姨。每日，郝姨总起得很早，把全家一天吃的弄好。大孩子去邻村上学，带饭。郝姨带李师母一起下地干活挣工分。李师母没干过农活，雨天赤脚在田塍上走，很滑。郝姨几乎是挽着李师母，跌跌撞撞的。

郝姨住的是男家上辈留下的破旧瓦房，她男人和儿子在时，住东半幢房子，院子客厅和小叔家各一半。后来兄弟不和，中间砌了一堵墙。再后来，郝姨男人和儿子都去了，墙便被小叔子拆了，房子也大多被占了。郝姨只挤在一小间将要塌下来的小披间里。

郝姨去苏州，其实是不愿跟小叔子论理。现在，带着李先生一家回村，郝姨不能再不说话了。郝姨找队长，队长说，清官实在难断家务事，你去镇上说吧。郝姨就一次次去陈墩镇，找妇联讨说法，一跑跑了半年。

后来，僵局突然有了转机。队长家全是丫头，李先生他们带着小儿子住他们家，日久生情，几个大姐姐把李斯当亲弟弟宠。队长夫妻俩商量着要认李斯做干儿子。李师母说，我们也不懂，就看着办吧。当日，李斯就被队长认了干儿子。队长家一群千金欢天喜地，乐得队长夫妻一晚合不拢嘴。

队长认了李斯做干儿子，李师母和郝姨又是村里都知道的"亲姐妹"，那他队长就跟郝姨也搭上了亲。既然是亲眷了，郝姨家的事，也就成了他队长的事。于是，金队长一次次去郝姨小叔子家说事。那小叔子是要在队长手下吃饭过日子的，自然不敢得罪队长。这半年多拖着办不了的事，就这么顺顺当当了了。

不几天，郝姨家院子和客厅中间的墙又重新垒了起来。小叔子砌墙时，也没啥怨气。

郝姨要回房子，拿出做保姆得的工钿，请匠人把房子整修一遍，要塌的墙重新砌过了，门窗严实了，屋顶也不再漏雨了。郝姨把最敞亮的房间，给了李先生夫妻，窗口可以画画。郝姨自己住靠灶间的过道，说是烧饭上灶方便。

搬进新家，李师母哭了，说，郝姐，你待我们太好了。郝姨说，谁让我是你姐呀？！

画老虎

当老虎的眼睛被画上去以后，看画的村里人流露出一种莫名的惊惶。那老虎实在太逼真了，威风凛凛，傲居路口，好似朝人

最后的箫声

奔来。有小孩突然间被吓哭了,老人妇女都说,有这老虎拦着,谁还敢走这道。

　　苏州李先生带着全家到金泾村安家落户后,再也拿不到去新疆画图时的高工资,李师母辞了工作,一家六口,再加保姆郝姨,在乡下的日子过得紧巴巴的。郝姨不再拿李家的工钿,反倒在田里挣工分拿口粮贴补李家。

　　李先生心存歉意,说自己除了画图,实在没其他本事。郝姨听了也用了心思。一日,郝姨跟李先生说,隔壁银泾村肖金根家造新房子,想在墙上画只老虎。肖家劳力多,口粮多,可以送些口粮过来作谢意。

　　李先生迟疑着,受画老虎挣口粮的诱惑,最终答应了。当日找了些画具颜料便随郝姨去了银泾村,要画老虎的是一堵正对路口的白墙。搭竹架时,村里人不知道肖家做啥事。搭好竹架,李先生开始划线条,村里人还在猜测。仅中午村里人回家吃饭功夫,墙上的画有些大体的形状。村里人都没见过老虎,有的说画狗、有的说画猫,等开始上颜料了,大家还在猜测,甚至打赌。画的形状渐渐清晰,村里人都说,哇,原来是只老虎,一只要奔下来的大老虎。

　　老虎愈画愈像,眼睛是最后画上去的。当老虎的眼睛被画上去以后，看画的村里人先是一片啧啧称叹，继而又流露出一种莫名的惊惶。那老虎实在太逼真了，威风凛凛，傲居路口，好似朝人奔来。有小孩突然间被吓哭了，老人妇女都说，有这老虎拦着，谁还敢走这道。而偏偏这道是村里唯一的过道，谁也无法绕过。

有人去跟队长说，银金村的黄队长是个老好人，总是多一事不如少一事，能避则避。况且，人家肖家多的是壮汉，谁也不敢惹。于是，有人偷偷地去镇上找派出所，报告说，有苏州下来的坏分子在村里画老虎压邪搞迷信。

派出所柳所长，带人过来，乍一看，也吃了一大惊。他见过世面，真的老虎，见过。然画得如此威风凛凛、动感十足的老虎，他还真的第一回见到。他不由得为李先生高超的画技而折服。然，他是派出所长，在他的辖区内，出了如此让村民惊慌的事，他得替村民撑腰。当然，他也知道肖家的威势。他不怕，相反，愈是这样的人家，他愈不能服软。

柳所长对队长说，路口不能画老虎。这是迷信。今天我来，是来带人的。你跟肖金根说，我等他两个钟头，他自己用石灰水把老虎涂没了，我不带人。如果两个钟头我再过来，老虎还在的话，我就带人走。

说着，柳所长要带李先生走。李先生前几年是吃过苦头的，

最后的箫声

不敢犟,很不情愿地跟柳所长走了。

到了派出所,柳所长问李先生:你会画画?!李先生说,小晨光吃过几年画画的萝卜干饭。

刘所长小心取出一张老得发黄霉变的老照片问,这张照片上的人,你能画出来么?!

李先生仔细看了老照片,说,假如你能让我回家取个放大镜过来,我就可以画了。

柳所长说,所里有,你稍等,我去取。

李先生开始构图,打出一个粗粗的轮廓。柳所长取了放大镜过来坐了一会,便说,我还得去一次银泾村。你在这里,就算帮个忙,待会有人给你送吃的过来。

李先生开始专注画画。这张照片实在太模糊了。

一会儿,有人过来给他泡了一壶茶。很醇的碧螺春,李先生已经好久没有品尝过了。呷一口自己喜欢的好茶,画兴开始浓起来。画人像其实是要基本功的,想当年他学画时,光画像就在先生的画室里孵了两年。这是一张男女合影,二十出头的年纪,像结婚照,男的穿军装。只是时间太久,照片本来就不太清晰,再加霉变,很难看出人物脸部的细节来。他拿着放大镜,翻来覆去端详琢磨,突然有了惊人的发现。有了这个发现,他画得就很顺手了。

第一辑 陈年佳酿

柳所长在窗外转悠几次，然没再进来打搅。到了半夜里，李先生对外说，好了。

一会儿，柳所长进来，一看画像，愣住了。愣了半天，突然眼眶里充盈着眼泪，有点哽咽，说，李先生，您真是我的大恩人。

李先生不解，疑惑中望着柳所长。

柳所长说，我五岁死爹、六岁死娘。爹是军人。我是在孤儿院里长大的。长大后，政府送我到部队锻炼，升了排长，回来当了派出所所长。我小时候的记忆中，爹娘的模样，隐隐约约，有一些。这张照片，是我在老档案中找到的，是我爹娘，但可惜很迷糊，这是我一辈子的遗憾和心结。没想到，您的画，一下子拉近了我幼时的记忆。说实在的，我记忆里的爹娘应该就是这模样神态的。实在没有想到，在我们这么偏僻的乡下，有您这么厉害的画家。你帮我了了心里的结。我终于可以日日见到我的亲爹亲娘了。李先生，请受我一拜。

李先生顿时手足无措。

当晚，柳所长送李先生回金泾村，一路上，两人似深交故友，无话不谈。一直到李先生住的家门口，柳所长还依依不舍，说，过日我再登门拜访。

第二日一早，金泾村的人都挺惊讶，李先生，你什么时候放出来了！李先生说，我没被抓进去呀。众人不信。傍晚，柳所长

最后的箫声

带了菜酒过来找李先生。柳所长执意要坐在砖场上，跟李先生对坐着喝酒聊天。众人见状，信了。

几十年后，李先生开虎画展，专门邀请了退休的柳所长。李先生在一幅虎画前，非常感慨，说，老弟呀，想当年，我为人画避邪的老虎险些画出大事，是您为我辟难。您才是辟邪的真老虎。柳所长由衷说，其实，我是看过您档案的，那些人恶意乱加给您的罪名都是莫须有的，现在，不是一项都没有了么？

做爹的腿

茂密的枯草上打了一层霜，非常滑，阿朋推爹时，毫无防备，车子竟然自己顺着岸坡朝下滑，阿朋爹想抓两边的草却没抓住，阿朋慌了却不敢松手。

阿朋十二岁的时候，娘走了。其实，村里人都知道，阿朋的娘迟早是要走的。阿朋的爹是个残手残腿的人，手是先前撞船时撞残的，硬伤，少了几根手指，做活时，不怎么顺手。腿是软伤，可能是常年在湖上捕鱼捉蟹，受了风寒，又加上撞船受了伤才渐渐残的。

娘要走，阿朋也知道。娘走后，阿朋便和他爹相依为命。阿

第一辑　陈年佳酿

朋爹其实是个能干的打鱼人，身子虽残，然打鱼的活照做。阿朋娘走后的整个秋天，阿朋爹一直硬撑着残疾的身子忙自己的活。捕鱼捉蟹，维持生计。

然阿朋爹终究是个残疾人，腿残了，打个酱油买包烟啥的，还是挺难的。十二岁乖巧懂事的阿朋成了爹的腿，只消爹轻轻吱一声"阿朋，帮爹跑一趟"，阿朋就乐颠颠地去了，酱油呀、烟呀，一会就买回来了。阿朋爹常夸阿朋是"小脚船"。

阿朋爹手脚虽残，然干活还是挺能的。有回捡了人家丢了的一架破童车，卸下大小四个车轮，捣鼓了半月，终于给自己做了一架结实的小推车。轮子很滑溜，轻轻一推就能够滑上好一段。座位是按照自己的需要特制的，只要身子一挪就能爬上去。阿朋爹有了这架自制的小推车，阿朋推着来去方便多了，阿朋真的成了爹的腿。去湖上，去鱼市，阿朋推着爹轻松来去。一路上，阿朋和爹总是笑声不断。

鱼市上，阿朋父子俩的鱼总是最先卖掉，一则他们捕的鱼不多，再则可能人家看他们父子俩不容易，都想帮他们一把。

阿朋爹捕鱼的是一条很小的划子船，单桨。每回，阿朋爹坐在船后艄，用残手划桨、撒丝网、拉网收鱼。阿朋坐船头，帮爹整理渔网。小划子船也叫"嘭嘭船"，待丝网撒下水后，为了让水下的鱼自投罗网得用脚把船上的木板跺得"嘭嘭"响，

最后的箫声

阿朋爹腿脚不行，阿朋爹就让阿朋踩，阿朋最喜欢踩"嘭嘭板"，他知道，踩得越厉害，鱼就能捕得越多。捕鱼，对阿朋父子来说，本来是一件挺难的事，然他们手脚合用，"嘭嘭船"上同样是欢快的笑声。

深秋渐渐过去了，初冬来了。每年这时，公社里要进行奖羊比赛。其实是搬南瓜比赛，谁搬得多，谁就能奖到羊。阿朋爹很想奖到羊，有了羊可以自己养。然比赛得手脚并用，而阿朋爹腿脚不管用。今年，阿朋爹专门去公社大院缠着文化站长想参加奖羊比赛。站长说，你腿不管用怎么比呀？阿朋爹说，我儿子是我的腿，我能比。公社书记见了，说他能比就让他比呗，羊，公社有。

过了一天，奖羊比赛就开始了。比赛分了好多组，又有好多规则，得在规定的时间里，把场地一边的大南瓜搬到另一边。南瓜个大，力气再大的人一趟只能搬个两三个。而阿朋父子俩却不同，阿朋爹手残却手臂特粗壮有劲，他一下子抱了四个且一直搂到终点。阿朋人虽小，然推起爹的小推车，并不比人家的腿慢。来回十几趟，人家人高马大的都一个个败下阵来，而阿朋父子俩手臂腿脚合用，竟然搬动了一大堆南瓜，稳稳地得了个头名。公社书记乐了，挑了只最大的羊奖给了他们，还亲自在公社广播里表扬了他们。阿朋父子俩牵羊回家乐得像过节一样。

天冷了，也到了捕鱼和捉蟹换季的时候。为了"守蟹"，父子俩起了个大早，湖岸上积了一层霜。阿朋并不知道，茂密的枯草打了一层霜是非常滑的，他推爹时，毫无防备，车子竟然自己顺着岸坡朝下滑，阿朋爹想抓两边的草却没抓住。阿朋慌了却不敢松手，力气小又拉不住车。只一转眼功夫，父子俩便随着小推车一起冲入高岸下的深水里。阿朋是会水的，裸身能游过一条小河，然这回，阿朋随着小推车一下子冲到了湖底，冰冷的湖水一激，手脚麻木了，怎么使劲都动弹不得，想憋气，又憋不住，一会就没了知觉。

待阿朋重又恢复知觉的时候，自己已经被倒挂在紧贴水面的枯枝上，爹正孵在水里不停地抠他的喉咙，阿朋满肚子的水被爹抠得一股又一股冲出来，一直到肚子里空空的再也呕不出啥的。

阿朋没弄清自己怎么会倒挂在枯枝上的，只觉得爹正伸着粗壮的手臂在举他的身子。阿朋爹嘴里喃喃着："快去叫你叔，快去叫人。"阿朋挣扎着，借着爹手臂的力，爬上了湖岸，跌跌撞撞回村叫叔叔。叔叔又叫了一些大人，把水里已经冻僵的阿朋爹拉出了水，送公社卫生院。住了半月，捡回一条命。

出院后，阿朋父子俩仍然忙碌着。父子俩需要手的时候，爹会伸出自己的残手，虽残然特别粗壮，那是阿朋的骄傲。父子俩需要腿的时候，阿朋跑得比谁都欢，那是他爹的骄傲。

阿朋娘走后，阿朋父子的日子过得有滋有味。

二拜高堂

阿朋、小梅正要拜，却不料想，阿朋娘"嗵"地一下跪在地上，"嗵嗵嗵"地磕了三个响头。全场一下子乱了，好多人从座位上站起来，惊讶地看着。

阿朋大学毕业后，没急着到城里找工作。先是在镇上帮叔叔打理了一阵网络，销售阳澄湖大闸蟹，后来自己加盟了一家物流公司，搞活蟹快递，生意红火了。

有一天，公司做财务的小梅笑眯眯地对阿朋说，阿朋，我想嫁给你。阿朋假嗔，你发寒热不？小梅说，我很正常，不信你摸摸？阿朋一本正经地说，我可是孤儿一个，没爹没妈的。小梅说，我不在乎。阿朋说，那你在乎我的钱？小梅顿时不高兴了，撅着小嘴，半个月不理阿朋。阿朋心肠软了，反过来哄小梅。哄高兴了小梅，阿朋还是那句话：你到底在乎我啥？小梅哭了，说，我也是孤儿。小梅从小爹出车祸去了，娘在她很小的时候，改嫁了。阿朋说，那我们结婚吧。

阿朋和小梅真的要结婚了，叔淡淡地说，结婚是你自己的事，你觉得合适你就看着办吧。三叔公说，我老了，你不要问我了，到时搀我去喝杯喜酒就成。二姨婆却有点不乐意，说，你俩都没个爹娘，以后孩子生出来谁带呀？阿朋没说。

筹备结婚的时候，阿朋竟然不见了人影，手机关了。小梅在公司蹲着，竟连她也不知阿朋的去向。

五六天后，阿朋回来了，身后跟着个怯怯的老妇人，脸色苍黑，两眼似蒙着一层白翳，看人木木的。嘴快的二姨婆一见就恼了，冲着来人嚷，你还有脸过来？早些年，阿朋爹瘫在床上，没人照应，你绝情，说走就走。阿朋才十二岁，又做爹的手又做爹的腿。你好狠心呀，说走就走。今日里，你还有脸回来呀？阿朋娘木然，没有拿眼看人，任二姨婆数落。

当晚，阿朋让娘睡在新装修的套房里。这样的套房，阿朋一共两套，一模一样的。这还是前几年老宅拆迁时换过来的。老宅虽破然面积大，一共换到了三套。卖掉一套，阿朋把钱花在这两套的装修上。天亮时，阿朋过来唤娘吃早饭，竟然见娘一夜未睡，茫然坐着。阿朋不解，问，娘，你怎么不睡呀？娘木讷，半晌说，我命贱，不能睡你们的婚床。阿朋说，哪里呀，这是我专门为你留的房子，我们的在隔壁。阿朋说着，给娘递过一叠红面钞票和

最后的箫声

一只喜袋。娘一见，慌了，手一抽搐，说，我不要。钞票掉在地上。阿朋说，这不是给你的，是你给小梅的见面钱，二姨婆专门关照的。阿朋娘拿着钞票和红喜袋，身子在发抖。

见过小梅、给过见面钱，小梅也随阿朋一起叫娘。小梅一叫娘，阿朋娘身子就颤颤的。

阿朋和小梅的婚礼安排在镇上的水上人家酒店，来吃喜酒的人不少，偌大的婚宴大厅，人头攒动。

司仪是城里请过来的。婚礼，中西结合。征婚是西式那一套，三叩首，却是中式的那套。把阿朋娘请上台，司仪喊，一拜天地。阿朋、小梅拜了。司仪又喊，二拜高堂。阿朋、小梅正要拜，却不料想，阿朋娘"嗵"地一下跪在地上，"嗵嗵嗵"磕了三个响头。全场一下子乱了，好多人从座位上站起来，惊讶地看着。阿朋、小梅小愣片刻，一左一右，把娘从地上扶起来。阿朋在娘的耳边说，人家都看着呢，你不能这样的。司仪缓过神来，调侃说，好了，都怪我不好，没有事先排练一下，把我们的老人家弄懵了。现在我们重新开始，又亮声喊，二拜高堂。阿朋、小梅朝着娘恭恭敬敬地鞠了个躬。阿朋娘身子抖得厉害。

婚礼场上，有知情的跟不知情的说，这阿朋娘是阿朋爷爷早年出钱买的，山里女子。阿朋爹是个瘫子，找不到女人。阿朋十二岁的时候,这女人走了,山里还有她男人。听的人,心情一下子沉重起来。

婚宴结束,阿朋在新房里跟小梅说,想跟你商量个事。我想把娘山里的老头也接过来。小梅说,你认了个娘,还捡了个爹,好事!阿朋假嗔,你个破嘴,瞎说啥呀!

第二辑　古镇今事

陈墩镇，东经120.90度，北纬31.17度。处神秘的北纬30度附近，典型的江南水乡千年古镇。对我来说，古镇是个似梦非梦的去处。身处古镇，非梦；走出古镇，入梦。古镇，又是一个大戏台，一些熟悉不熟悉的人物，在现实和梦境中，一个个争相粉墨登台。

醉　吻

那车间是个大车间，原先灯光并不怎么亮，不知怎么的车间顶上的那盏小太阳灯突然亮了，这阿乔醉酒吻美人的好戏，车间里干活的十几个人自然瞧了个清清楚楚。

能人阿乔，这一年里在陈墩镇上露了两次脸。头回露脸是承包镇塑料制品厂，当时，争的人不少，但都往自己的好处里抠，把承包数压了再压，只有他一下子摔出了十二万块风险抵押金，没提任何附带条件便揽下了这有四百来号人等着吃饭的烂摊子，恼得那些争承包的主们恨不得把他生吞了；而这第二回露脸，则是这年年底，那是大年二十四夜，使厂子在短短的半年多时间里起死复生的承包厂长阿乔请厂子里的头头脑脑们吃"尾牙"，厂子里已好几年没有这么开开心心热热闹闹吃"尾牙"了，大家都很亢奋，一亢奋自然就揪住阿乔滥灌，灌他也灌自己，灌得大食堂里一片醉语，当然有真心敬他的，也有想放倒他的，阿乔喝着喝着，颠颠地自个出了厂里的食堂，有人见他跨步颠颠的，道，乔厂长像是喝醉了。老厂长老聂说别管他，我们喝我们的。没想到这阿乔竟颠颠地颠进大食堂后面的车间里去了，一进车间便看见厂里公认的大美人季小妍，他举手敬了个礼，觉得自己一下子变得很幽默，小妍觉得好笑冲他笑笑，没想到大美人怎么笑都挺耐看、甜美。这一笑自然笑得乔根宝心旌荡漾、骨架都酥了，一股炽烈的热潮涌起，使他突然有了一种要握一下大美人那细嫩小手的强烈奢望。他伸手，小妍竟也伸出手，他一下子把神往了好几年的那尤物捉住了，纤纤的手指恰似细瓷般柔滑，使他顿觉一阵剧烈的眩晕，只觉得那张美轮美奂的笑脸在眼前叠现晃荡，蓦地，他随手一拉，一阵甜甜的体肤馨香飘来，几缕柔发撩得他脸上痒痒的。与此同时，小妍跌扑过来，他一下子闭上了眼，一揽抱住了小妍，趁势用炽热的

最后的箫声

嘴唇胡乱地在小妍那如细绸滑润细嫩白誓的颈脖、腮帮、鼻翼上吻个没完，脑际嗡嗡作响，浑身一阵阵酥麻，还小妍小妍地唤个没完。那车间是个大车间，原先灯光并不怎么亮，不知怎么的车间顶上的那盏小太阳灯突然亮了，这阿乔醉酒吻美人的好戏，车间里干活的十几人自然瞧了个清清楚楚，更有那么几个只有贼心没有贼胆的老想惹但从不敢惹小妍的窝囊男子，这时直说过瘾过瘾真过瘾。

当时那小妍怕是吓呆了，竟然木痴木笃全然不声不响。直到那小太阳灯光一照，吃了一惊才没命一喊，这一喊不打紧可把个阿乔吓出一身冷汗，至于后来食堂里喝酒的人怎么围过来，怎么把他架走，怎么送他回厂长办公室里间的临时宿舍，他真的是全然不知。这其实本不是什么光彩的事，可厂里有好些人觉得很解气，都说别看这乡下来的阿乔连人家老聂的外甥女、阿宽的老婆都敢吻，真是有种。可待乔根宝第二日醒过来，听人这般前前后后一学说，真的吓了一大跳，连连叫苦，说是这满厂的女人，我说谁不好惹，却偏偏要去惹小妍。这小妍在厂子里三姨六姑爷叔娘舅沾亲带故一大帮子，尤那阿宽，脾气烈性子刁，更因先前争承包把他恨得可以，这回不把他杀了才怪呢。

在家躲是非的日子里，乔根宝心如乱麻，年底的厂里自然是好多好多的事待他去做，但他怕阿宽他们在厂里候着他跟他连底算帐，故不敢去厂里。

南京有一批货要提，待他们大年二十六来提货时，成品丢了不少，人家不依，一气之下，把车间里的原材料拉走了不少，说是抵他们的损失。

拉走的少说值两万多块。这还是小事，大年三十，厂里、住宅区的水、电一下子都停了。

早几日就跟人家电站、水厂打过招呼，他们都答应过了春节再分期付清前几年拉下的老帐，乔根宝还专门让后勤科弄了几十条大青鱼送他们呢！毛病就出在这鱼上，鱼被姓聂的派了其他用场。这电一停就停出了大事。没停电时，正是大年三十的上午，二车间有台车子在赶批货，那几个女的，大年三十加班，心里本郁着火无处发，一停电，车上的活全成了废品，后来说是家里也停了水、电，于是就跟着去镇长家闹，结果水电是闹来了，车间里因为没合闸，来了电，那车上的加热器把塑料烧着了，等发现，火已蹿上了屋顶，那车间废了一半，原材料、半成品烧了不少，一二十万还不能算厂房损失呢。

到了厂里，见到火烧后的一片狼藉，乔根宝在这前后，镇里的镇长、工业公司总经理、县上乡镇工业局的大大小小的头儿们，陆续到厂，连厂里的头头脑脑，二三十号人，聚在厂部会议室，相商善后和厂长人选问题。一是提议老聂留任，二是让阿乔继续承包，三是阿宽来承包。厂长人选定不下来，这四百来口人的就业就要受到威胁，故只能吃了些便饭继续开会。

到了晚上，会场外有条子一张张传进来，场内的头头脑脑们开始传阅这些署名或没署名的纸条：检举阿宽挪用公款、倒卖材料、报虚账的条子传进来好几十张，说是这样的人吃官司也够格，决不能让他承包；骂乔根宝不是东西的纸条也不少；也有说聂永祺吃饭不管事，只认六亲不讲原则。

一直到了十点，场外传来一张有一百多工作署名的要求阿乔继续承包的大纸，这一百多人中竟有"季小妍"的大名，且写得特大，众人不解，小妍被请进了会场，说乔厂长喝醉酒

季小妍被人扶走了，大家沉默了好长好长一阵子，会还继续开了下去……

老眼镜

中介人告诉旺老爹说，这回是上海的一家媒体，要拍好几天，酬谢费自然不会少的。只是旺老爹回老屋取老眼镜时，彻底懵了：他藏得好好的老眼镜竟然没了。

旺老爹，陈墩镇人，九十挂零，身板硬朗，每日有事没事总

爱坐在镇上旺家大院门前的高石墩上沉思。那范儿，还是那先前老镇阔佬的范儿，一点不造势，一点不装样。

他坐那，似把旺家大院重新定格。旺家大院曾是当时老镇上最气派的大宅。现如今，作为古镇旅游景点的旺家大院，仍是老镇上最热闹的去处。

旺老爹全神贯注地坐着，时不时有人端着相机拍他，更有人凑到他身边，跟他合影。旺老爹木然以对。别人若给些小钱，他也拿着。

有知情者说，这还不是旺老爹最出色的范儿。旺老爹有一副老眼镜，玳瑁圆框、水晶镜片、纯金镶件。由于年代的久远，镜框、镜片、镶件上早已包裹着一层包浆。若旺老爹真的戴着老眼镜、穿着长袍，那活脱脱一个民国时代的乡镇阔佬，清癯、精神。其实，旺老爹还能唱几句。那腔，更带有古时江南乡绅的儒雅。

自然，有人专门准备了长袍，让旺老爹戴着老眼镜，唱上几句，来人拍摄些照片视屏带回去派各种用场。当然，出镜是有出镜费的，给多给少，旺老从不计较。别人眼馋不了，谁也没有那个范儿，谁也没有那副年代久远的老眼镜。

在此之前，曾有人专门请了中介人找上门来，恳请旺老爹转让老眼镜，出的价在六位数上，然旺老爹没接嘴。旺老爹对钱很木然，他在意的是老眼镜。据说，这是他太爷爷在家业最鼎盛的

最后的箫声

时候置买的宝物，要不是他爷爷私底下给了他，这宝物早就没了。

每日太阳落山时分，旺家大院门口游客渐渐散去的时候，旺老爹这才回到蜗居的小屋。屋是老屋，颓败的小院，坍塌的垣墙，旺老爹却收拾得干干净净。自从老妻去世、女儿出嫁后，院子和老屋便一日日地颓败着，正如旺老爹的衰老。

儿子的屋，更不像样，门窗烂了，屋顶几乎要塌落下来。没有成婚的儿子出外晃荡已经好多年了。儿子也曾回来过，在四壁空空的老屋里局促地与老爹对坐了一会后，便一声不响地走了。早年，旺老爹凭私塾认得的一些字，一直在镇上南货店给人家站柜台，后来公私合营了，成了头一批供销社老职工，辛辛苦苦拉扯着儿女成人。儿子也是快近六十岁的人了，从小叛逆，早年读书时，功课差，一直逃学。到了18岁时，被分进镇石灰窑厂做工人。窑厂工资低而人又特别辛苦，尤其知道祖上的奢华，儿子心比天高、更觉憋屈，没做多久便不辞而别。儿子在外做什么，旺老爹不知道，只是有次公安局来人，旺老爹才知道自己的儿子犯事吃了官司。

一天，又有人专门准备了长袍，让旺老爹戴着老眼镜唱几句，中介人告诉旺老爹说，这回是上海的一家媒体，要拍好几天，酬谢费自然不会少的。只是旺老爹回老屋取老眼镜时，彻底懵了：他藏得好好的老眼镜竟然没了。

报了警,民警来了。第二天,民警告诉旺老爹:老眼镜是他儿子偷的。他儿子的指纹和足迹在公安局里有存档。旺老爹一听,大病一场。

为此,镇上人唏嘘不止。老人们都知道,早先的旺家大院,是个旺家,九进深宅。旺家先辈,耕读起家,后来发迹成方圆几百里出了名的官商大户,田地千顷,更有人官至二品。县志中收录旺家名人不下二三十位,镇上光旺家捐造的石桥就有四五座。只是到了新中国成立前夕,旺家人个个嗜鸦片如命,没几年,不只把偌大一片老宅抽掉了,更把上千顷田地也抽掉了,旺家成了赤贫人家,最终一个个暴病而死。旺家第六代,成了旺家的耻辱。掐指算算,旺老爹的儿子,是他们旺家的第八代。于是,镇上人就私下里叫他"王八蛋"。有人知道,"王八蛋"偷了他爹的玳瑁水晶镶金老眼镜,偷偷卖了八万块钱,原想靠这点本钱把先前输掉的钱赢回来,不料想只一个晚上便把这钱全输掉了。

大病后,旺老爹仍拖着虚弱的身子在旺家大院门口坐着,有时,应游人之邀,还唱上几句,只是鼻子上戴着的只是另一副破旧的眼镜,可能当时也值不了多少钱。太阳落山时,旺老爹仍回到那收拾得干干净净的小屋,坦坦然。

有人便私下里说,旺老爹不是一个为老眼镜而活着的人。

腐化墙

听说电影院有一堵"腐化墙"。书记急了,这还了得,一边在放革命电影,一边在搞资产阶级"腐化",有的人竟然专门是冲着"腐化墙"去看"样板戏"。

电影院是陈墩镇上唯一热闹的去处,《沙家浜》《瓦尔特保卫萨拉热窝》《白毛女》《卖花姑娘》等等电影,白天晚上反反复复地放。

镇上和附近乡下年轻的男男女女,没处可去,便到电影院一遍又一遍地看一些早已熟悉的电影。

电影院是几处老宅改建的,改建后的电影院,进出时,总有曲径通幽之妙处。其实,老宅的有些旮旮旯旯,并未被移作公用,平时也很少有人出入。尤其到了晚上,黑灯瞎火的,那些并未被移作公用的旮旮旯旯成了无人区域。这就很奇怪,一墙之隔,一边是灯光、声响、人头晃动,一边却黑暗、寂静、空无一人。而且,那边白天晚上都黑乎乎的。

然日子久了,那一墙之隔的旮旮旯旯,便有了一些诡异的人影,冷不防会吓人一跳。据说有几个平时挺顽皮的少年,看电影时捉迷藏，黑暗中误闯了那冷落的区域，突然看见有男女在黑暗里靠墙站着，吓得尿了裤子，迷糊多日，还老是在恶梦中惊醒。

更有人在传说，有顽劣青年恶意闯无人区域，结果险些闹出人命。据说有人因此翻墙而出，摔断了腿。

不知怎的，这事传到了公社书记的耳里。书记跟镇派出所所长说，听说电影院有一堵"腐化墙"。这还了得，一边在放革命电影，一边在搞资产阶级"腐化"，有的人专门是冲着"腐化墙"去看"样板戏"的，你们得提高警惕了。这事传出去，陈墩镇电影院的名声坏了，我们陈墩镇的名声更坏了。

于是，派出所所长亲自带了民警去那"腐化墙"外蹲守。然这等设防，还是防不胜防。派出所连所长才三个民警，蹲守了两天就没法蹲守了。派出所里，平常事就一大堆。到电影院蹲守，人是清静了，可其他事咋办呢？

书记找所长，所长便去找电影院。可说是一个电影院，其实才两个人，一个院长加个美工。平时，院长兼检票、美工兼放映。美工姓纪，是个临时工，沪上美院毕业分配新疆却不愿意去，回了老家陈墩镇，没了正式工作。院长跟纪美工商议。纪美工说，院长，你放宽心，这事，我来弄。

纪美工趁放电影的空余时间，忙碌了一些日子。最后，对院

最后的箫声

长说,没事了,全搞定了。院长也没时间去看个究竟,这事也就一天天拖了下来。这期间,其实外界的传说还是有的,似乎比先前更多了一些神秘和诡异。

终于有一天,书记再也忍不住了,跟派出所所长打电话,追问电影院"腐化墙"的事。所长说已经蹲守了,电影院也采取措施了。书记问,那外界怎么还在传,似乎有了新的什么传言了,你不作为,你就不要在这位子上待了。

书记说了狠话,所长坐不住了。当日晚上,带了两个民警搞了个突然袭击。只进入一个拐弯,他们便惊呆了,一堵小墙边,一小缕墙外的路灯光掠入,朦朦胧胧中,他们似乎看到了一个光秃秃的臀部,似有一人面壁而立。所长大喝一声,那臀部竟然木然无反应,三民警打着电筒靠近,呆了,竟是一张画得跟真人一般大小的光臀画,非常逼真。

所长命部下小心揭下画,拿着画,向书记报告请示。书记很恼火,说,这事你让我怎么说,道德极其败坏!

第二天,县里的民警开着小快艇到了陈墩镇,民警搜查了电影院纪美工的宿舍兼工作室。一搜查,可不得了,房里竟然有好些男男女女的画,都是赤身裸体的。当日,民警开着小快艇,带着纪美工和那些画离开了陈墩镇。

不久,镇上消息灵通的人从县里回来说,纪美工犯了流氓罪,被送到很远的地方劳动改造去了。

一直过了好多年，纪美工才重新回到陈墩镇。这回，临时工作也没有了，纪美工为了养活自己，只能在纪家弄口设个摊，给人家画像。纪美工画的像虽说很像，然叫他画像的人却不多。只有一些家里有人突然去世且事先没备遗像的人家，才叫他画像。有时，照老旧的小照片画，有时干脆凭自己的印象画。那画，画得挺像，而且常常把逝者画得神采奕奕，让办丧事的东家，觉得挺有面子。无所事事时，纪美工便帮老娘看管一旁卖茶叶蛋的小炉子。

镇上人都知道纪美工很流氓，以致纪美工回镇后一直没有女人跟他，他也一直孤零零陪着老娘住在老宅里，日子过得非常窘迫。

不知又过了多少年，县里有人专程来找纪美工，说是请他去县里的书画院专门画画。还说，他的一幅什么画得了一个什么大奖。有的人看过，说是画的是一群原始人，赤身裸体地在垦荒。这样，纪美工就开始县里和镇上两边跑。

又过了一些年，据说纪美工带了自己的画到国外去展览，还卖掉了好些。国外回来，有一个非常年轻的女子跟他回了陈墩镇，据说是个模特。后来他们生了两个孩子，龙凤双胞胎，日子过得挺滋润。

最后的箫声

至于那垛"腐化墙",现在还在。只是老电影院废了,拆了,空地成了镇上一个小公园。先前传说中的那垛"腐化墙",已经完全展现在光亮中,长满了爬山虎,其间似乎有一条什么标语,只能隐约见"生""育"两个黯红的大字,或让人联想翩翩,或让人哑然一笑。

揩 谷

女裁缝的老母鸡全死了,杨全却慌了,跟女裁缝说,这些鸡也许吃到啥东西了,千万不要再吃了。

陈墩镇粮库,是个片一级的大库。粮库里多的是自然粮食,尤其到了秋谷收库时节,粮库里更是到处是谷子。有饱满的好谷,也有筛下的瘪谷。有已入库的干谷,也有晒场待入库的湿谷。粮库大,员工也多。员工多了,人也杂了。有粮食学校毕业后分配进来的正式工,有部队里转业回来的干部,有以占地名义进来的农民工,也有长临时工,短临时工。员工一杂,出格的事也就在所难免。最出格的事,便是占小便宜,揩油揩些谷子。揩了谷子,捎带回家,喂鸡喂鸭,积少成多,甚至可以磨成米煮饭吃、煮粥喝。

成所长是个老军人，眼睛里揉不得半粒沙子，谁要是出了格把谷子揩回家，被他逮住，重则开除，轻则扣奖金。

其实，揩谷人自有揩谷的门道，口袋、饭盒、小包、甚至翻卷的裤管，都是揩谷的密器。那么多员工，每天下班，不是早有察觉，很难逮个正着。况且，成所长也不可能一年四季都在粮库门卫上盯着。揩谷的人有的是钻空子。成所长没法，有时就让两个副所长搞些突击检查。说实在的，副所长怕得罪人，每次突击检查也只是故作姿态装装样子而已。

经典、经纬兄弟俩，却不是个省油的灯。所长们真戏假做，他俩却偏要假戏真做。

副所长杨全，是跟成所长跟得最紧的人，总是鸡毛当令箭，常常把成所长的一个想法，化成一片云，下成一场雨。就说逮揩谷的事吧，常人揩谷，他总是一眼开一眼闭，不闻不问。若是一不小心谁得罪了他，那逮揩谷便是最好的借口。逮住了，交给成所长，任由所长发落。好几个临时工被他逮住现行，抹着眼离开了粮库。而他自己，倒也光明磊落，常年穿的衣裤从来没有口袋，没有翻卷的裤管，更是从来不带包、饭盒上下班。成所长也因此要全库的员工都效仿杨全。

有一回，经典告诉经纬一个关于杨全的天大的秘密。说杨全有个女相好，做裁缝的，养了十来只老母鸡，全靠杨全揩谷供给。

最后的箫声

女裁缝专为杨全做了有内袋的马甲，成了他揩谷的密器。于是，两个人周密策划，要跟常常人前冠冕堂皇的杨全过过招。

杨全喜欢打乒乓球，然球风太差，赢得起输不起，没人高兴跟他玩。临近下班，也就是粮库里约定俗成的活动时间。那天，经典突然提出要跟杨全打个三局二胜。杨全不知其中有诈，全不把经典放眼里，有意想赢个三局三胜。经典却借球设局，把个小小乒乓球打得满场飞。杨全果然中计，使出浑身招数，把个乒乓球打得出神入化、险象环生而精彩纷呈。打乒乓球毕竟是花力气的事，两局下来，两人都已满头大汗，两人脱了外套再打。杨全脱了外套，就是那件马甲。打到激烈时，便脱了马甲。两人都只穿着汗衫继续对打，打得杨全直呼过瘾，说，没想到你经典还藏着一手，乒乓球打得还可以。经典自然要谦虚一番，说，哪及你大所长呀。杨全自然喜欢听好话，也老实不客气地说，你若再练个半年也许能赢我。正说着，经纬气喘吁吁跑来告诉杨所长，说，有你的电话。杨所长有点恼，说，我没空，去挂了。经纬说，好像是成所长的声音，像是从局里打来的。一听是成所长的电话，杨全便放下乒乓板，急匆匆去接电话了。经典和经纬一下子乐了，把事先准备好的谷子，与杨全马甲内袋里的谷子换了一些。一会儿，杨全气呼呼回来，埋怨经纬，啥电话，一点声音也没有。经纬说，杨大所长，这不能冤我呀，我跑过来你跑过去，这么长时间，定是成所长不耐烦了。

就是那回后，镇上出了一件怪事，裁缝店女裁缝养的十来只下蛋的老母鸡全死了。女裁缝的老母鸡全死了，杨全却慌了，跟女裁缝说，这些鸡也许吃到啥东西了，千万不要再吃了。谁知，女裁缝不舍得这么多的鸡，放了血，褪尽鸡毛，用盐腌着。女裁缝的男人平时馋个小酒，几天后，看见一院子的腌鸡便馋了，拷了两斤老黄酒，煮了半只腌鸡，自顾享用了。谁料想，老母鸡是吃了什么东西死的，女裁缝的男人一吃身子也不舒服了，只半斤酒下肚便吐得一塌糊涂，不省人事。女裁缝慌了，央人把男人抬到镇医院抢救。值班医院一看便说是食物中毒了，灌肠、打滴，折腾了好几个小时，女裁缝的男人才从昏迷中抢救过来，送进了重症监护室。过了一个多月，女裁缝的男人才从死神手里挣脱出来。出院后，女裁缝的男人心里憋屈，赶到粮库向杨全讨要说法。

杨全的丑事这才全部败露出来。女裁缝跟杨全相好，杨全每天揩些谷送给女裁缝作为回报。却不料想，这次杨全揩的谷被人做了手脚，毒死了女裁缝的老母鸡，又险些害死女裁缝的男人。

杨全哑口无言，人躲得快。然躲得了人，却堵不了别人的嘴。杨全和女裁缝的风流事，一下子传得全镇老幼皆知。这事，也只有经典、经纬在暗自高兴。

过了一些日子，粮食局派人下来调查，杨全被撤了职、受了处分、降了工资。撤了职的杨全，整天垂头丧气。自此，员工中再也没有人敢揩粮库谷子了。

葱 白

谁是大姐？少女不乐意了，转身离开了老围墙。晚上，葱白翻来覆去入不了眠。尤其是想起唤"大姐"时人家生气的样子，让葱白觉得自己欠了人家好多。

葱白头回到陈墩镇写生是三十多年前。那时，葱白才美院毕业。给自己起名葱白，是因为葱白嗜葱。尤其嗜好那种青青的小葱，细细的，香香的，一掐满指留香。

葱白在陈墩镇写生的时候，租住在裘家弄底的老裘家。老裘家老屋多，破败不堪，租金自然很便宜。

葱白喜欢早起，每日穿过九步三弯且窄窄的裘家弄，去弄口的裘家面馆吃红油阳春面。裘家面店是镇上最老的面馆，据说经营了三代有六、七十年的历史。裘家红油面，碗烫、汤烫、面条细滑而筋斗。红油阳春面价钱也不贵，葱白每天早上赶早吃上一碗。葱白好葱，每回穿过裘家弄的时候，总是伸手在人家种在老围墙上的葱盆里,摘几根葱。那葱还挂着晶莹的露水,干净、精神,摘了直接摘断了撒在红油面上,为红油面增色添香。尝一口,满嘴都是红油汤的鲜美和葱白的清香。

然,偷摘人家种的葱,毕竟是不光彩的事。葱白这不光彩的事,被一位早起的少女逮住了。少女出现在老围墙的缺口里。少女口鼻上戴着口罩,两只忽闪忽闪的大眼睛,隔着一堵老墙,传递着一种幸灾乐祸的快乐。

大姐,不好意思,我没打招呼就摘了您的葱,实在对不起。葱白歉意着说。

哼,谁是大姐?少女不乐意了,转身离开了老围墙。

葱白摘也不是,不摘也不是,最终自觉心虚,没摘。没有小青葱加料的红油阳春面,葱白总觉得少了许多。整整一天,葱白总觉得嘴里少了好些滋味。

晚上,葱白翻来覆去入不了眠。尤其是想起唤"大姐"时人家生气的样子,让葱白觉得自己欠了人家好多。月朗星疏的夜,葱白再也没法入睡,干脆起身作画,先是画了一丛娇翠的青葱,还加了一只轻盈展翅的小蜻蜓。画面干净,小有情趣。第二日一早,葱白在断墙处候了一阵,并未候到昨日的少女,迟疑着,用自己洗净的手帕裹了画,放在断墙上,随手又摘了一丛青葱。

第三日一早,葱白又把新画的一丛青葱和一只小蝈蝈,放在

最后的箫声

断墙上，可就在他又一次伸手摘葱时，墙内传出一声吆喝，吓了葱白一大跳。又是那少女，又戴着口罩。

你是画家？少女问。

学画画的。葱白说。

你画的葱真好，我喜欢。少女说。

您喜欢就好。少女咯咯笑了，你真逗。摘吧，偷葱画家！

葱白摘了葱，跟少女做了个怪脸，去吃面了。

接连几天早晨，葱白都这样和少女照面。葱白每晚给少女画一幅小品，都有葱，然姿态各不相同。而每幅小品上又加上了一只小虫或小鸟，每日不一样。

少女挺喜欢和葱白说话。葱白知道少女叫裘秋，16岁，从小患有先天性哮喘，有时病得很厉害，只读了二三年小学，一直在家养病。为了给她看病，家里花了好多钱。裘秋眼睛有神，鼻子、嘴巴都长得挺标致，只是肤色白白的有点弱不禁风。葱白要带她去桥边写生，她一听乐了，桥头整整坐了半天，摆着样作模特。不知怎的，裘秋在桥头犯病了，吓坏了葱白，送医院抢救了好长一段时间。

葱白在陈墩镇住了两个多月，画遍了镇上每一座老石桥和有特色的老屋，也每天给裘秋画一张葱虫小品。离开后，葱白多方打听，找到了一种进口的喷液，时不时为裘秋寄来了几瓶，嘱咐她，时时带在身边，定时喷用。然药很贵，裘秋只是在救命时用，平时不舍得。

之后的三十多年里，葱白来陈墩镇无数次，每次都记得带上几瓶喷液。裘秋一直没有结婚，和年迈的母亲住在裘家弄老屋里。只是，裘家弄底的老屋彻底塌了，葱白不再租住在裘家弄。裘家面馆的第四代传人不愿守着个小面馆过一世，裘家面馆也关了，葱白也没法在那吃面了，自然也就不用在裘秋家的葱盆里摘葱了。

三十多年后的一天，葱白突然接到鹿城博物馆的邀请，说是陈墩镇有位女子，把她毕生收藏的他早年的一批葱虫小品无偿地捐献给了博物馆。博物馆邀请他参加纪念展览。

在博物馆，葱白见到了自己早年的精心之作，尺幅虽小，然倾注着他对于一位异乡少女的特殊的感情。说实在的，这么一位天使一般标致的少女，如果她很健康，他一定会拜倒在她的石榴裙下，发生出一段异乡的恋情。然他一次次克制着自己，使她离自己渐行渐远，最终天地两隔。

如果，裘秋把这些画卖了，给自己治病，她也许不会这么早就离开这个世界。毕竟哮喘还不是什么大病。葱白朋友的话，让葱白想得很多。确实，葱白自己估算了一下，这批小品，如在十几年前走市场卖了，那些钱足以让裘秋能接受最好的医疗。

最后的箫声

然她在生前就立遗嘱,所有东西都捐给博物馆。葱白读到裘秋的遗嘱,其中的一句话,让他为之心酸。裘秋写道:我知道,随着他的名声越来越大,这批画,已经越来越值钱了,但我绝对不会把这些画变成金钱,绝对不会的,因为他在我的生命里非常重要,他是我这辈子刻骨铭心的也是唯一的初恋。因为有他,我能够支持着活到现在。

葱白眼睛湿润了,他铺开雪白的宣纸,画了一大片葱,像海一样,中间是一位红衣少女。画毕,葱白在一旁题词:她在葱中笑。向裘秋致敬。葱白。乙未中秋。

铁算盘

喝醉的区波,跟我反反复复说着算盘的事。区波很激愤,反反复复反问我,你说一把铁算盘,难道就是一把铁算盘吗?

我曾经根据老辈人的叙述,写过陈墩镇区家祖上靠一把铁算盘发家成殷实大户,后也因这把铁算盘使双胞胎兄弟俩双双血洒老庙,最终沦为贫困家庭的故事。

区波,是陈墩镇区家之后,与我同龄。区波读小学时,学校教珠算,我们都带木质的算盘,小而轻,不小心一撞,常支离破碎,珠子滚落一地,而区波的算盘是铁的,重而结实。区波会打算盘是家传的,他外婆传给他妈,他妈又才传给了他。他的珠算成绩总是全班第一。其实,我们的珠算课老师的算盘远没有区波打得好。学了一二个学期,珠算课没了,而区波却每天早晨晚上都要打二三个钟头的算盘,小小的手指常常在铁算盘上上下翻飞,那些铁珠子总被他打得噼啪作响。单手打、双手打,出神入化,让人眼花缭乱。

到了高中毕业,我们一起去金泾村插队。我们辛辛苦苦在田里学耕作,他却凭那把铁算盘,从生产队记工分员升到小队会计升到大队会计。到了1979年,他又凭这把算盘,破格被镇上的农业银行录取。那时的银行,常搞珠算比赛,区波从镇上、到县里、到地区、到省里、到全国,一路上比下去,总是非冠军则亚军,捧回了好多奖杯,号称"铁算盘"。

然好景不长,从计算器、计算机装备银行开始,区波的铁算盘再也没有用武之地。他曾用他的铁算盘与计算器对决,结果以惨败而告终。靠算盘破格入门的区波,渐渐地被冷落。若是人家再提他的那把铁算盘,似乎带些戏谑。他的工作岗位也越换越差,人变得也越来越萎靡。终于有一天,区波向银行主任提交了辞呈。

提了辞呈,区波清闲起来,没事逛逛证券所,然区波没有炒股,纵然他四周的股民都在大把大把赚钱的时候,区波还在畏缩。为

最后的箫声

了生计，他进了一些炒股的资料、面包饮料、电话卡在证券大厅卖。而他自己没出面，只是与几个没资金有闲工夫的下岗大妈签约，四六分成，亏了算他的。到了后来，市里好几个证交所大厅里卖证券资料、面包饮料、电话卡的大妈全是他的人。有人说，炒股的人有赚有亏，赚多的有，亏多的更多，而我听说区波尽赚不亏，辞职后养活自己足足有余。

积了一些钱，一些朋友拉他入伙办企业，区波说，我钱不多，也不懂业务，我弄一些地，你们在我的地上办企业吧。就这样，区波连租带买置了一些人家废弃的洼地杂边地，平整好了，给朋友办企业。朋友的企业有办成的也有办砸的。办砸了，地退出来，区波给另外的朋友办企业用。虽说区波赚得不多，然确是尽赚不亏。让所有的人远远没有想到的是用地越来越紧张，地价一直在升值。我知道，那些原本人家废弃的洼地杂边地让区波大赚了一笔。

赚了钱的区波，又有朋友拉他入伙，开发房地产。然区波却卖了一些金属架手架、机械设备出租，还租了好些工程车，专收人家开发项目时拆旧建筑留下的渣土，又卖了大量的填土买给房地产商和交通工程商。这段时间，房地产商有大赚的，也有大亏的，然我听说区波却尽赚没亏。更有朋友圈中，互相担保搞得好多企业倒闭，而区波却是铁公鸡，再好的朋友也不担保。

第二辑 古镇今事

赚了钱的区波，仍很低调。我们那些同学搞35周年聚会。聚会设在金泾村新开发的农庄里，好些有钱没钱的同学，都开着好车和不差的车过来。而区波却是乘出租车过来的，他和儿子合用一辆，儿子开车办事去了，他便没车开了。也就那回，他愿拿些钱出来，给陈墩镇中学设立一个珠算基金，在母校开设即将消亡的珠算兴趣课，奖励在珠算课授课和学习中卓有成就的师生。然现任校长婉言拒绝了。校长说，现在的学生课程这么紧，考试压力这么大，即使我们办了这样的兴趣学习班，家长也不一定领情。把孩子送到这样的班里，其实是耗费时间去做无用的努力。

那晚，区波喝醉了。

喝醉的区波，跟我反反复复说着算盘的事。区波很激愤，反反复复反问我，你说一把铁算盘，难道就是一把铁算盘吗？！

第二年，区波在陈墩镇建了一个私人算盘博物馆，馆内藏了他多年精心收藏的上千把各式各样的算盘。博物馆的门额上挂着"铁算盘博物馆"的匾。我听知道内情的同学说，这个博物馆，区波投了不少的钱。更没想到，区波又拿出二千万在市里设立了一个"铁算盘基金"，扶持奖励愿与他合作的他心目中的"铁算盘"人才。这时，同学们都惊讶了，原来区波这些年赚的钱原比我们想象的要多。而熟悉财经的同学说，区波的"人才"计划，将为他带来更多的财富。

最后的箫声

我也非常清楚,在区波的心里,其实有一把我们谁也没看懂的"铁算盘"。

李渊大作

看着几年前的书又出现在自己眼前,觉得很亲切,似乎外出的孩子突然回家来一般,少不了一番抚摸,然打开扉页时,李渊惊呆了。

李渊是大学里最年轻的副教授,多年搞苏南农村经济研究。前几年,政府和大学交流,把他安排到陈墩镇挂职,兼任副镇长。兼任副镇长后,李渊也就静下心一边搞教学一边搞调研,只几年功夫便在国家和省一级的重要刊物上刊登了好几篇有分量的苏南农村经济研究论文,这也常被市里和镇上的领导叨在嘴上,成了陈墩镇对外的一大靓点。

李渊积累了一些论文后,有出版社愿意为他出一本论文集,书名就叫《破局》。然考虑到书的销售风险,与李渊签约时,出版社给李渊提的条件却非常苛刻,只给他20本样书和一次性稿费8000元。李渊却欣然接受了。镇长知道后,说这等好事,镇上当然得支持,我们镇上预订一万册送送人,李渊却婉言拒绝了,跟镇长说，谢谢镇长好意，假若这事传出去对我不好。

书出版后，李渊用自己所得的稿费全部买了书。几百本，拿到后就放在办公室里。关系近的干部，李渊签了名，一人赠一本。镇里大大小小干部知道了，都到李副镇长的办公室求一本著作、求一个签名。没多久，现成的书都送了出去。

陈墩镇，这几年乡镇经济突飞猛进，市外和省外慕名来学习取经的团队很多。李渊在镇里没有实职，好多时候在镇上上班时，被镇长临时安排一些接待学习取经团队的工作。这样，李渊无形中多了好些应酬，有时弄得周末也没法回城休息。

有一回，有个外省学习取经团队过来，都是有一定级别的现职干部。镇上非常重视，两天的学习取经日程排得满满的，李渊全程陪同，且作了两个小时的专题介绍。非常巧合的是，团队的副团长，也姓李，单名源，跟李渊同龄。李渊、李源，似乎弟兄俩。李源跟李渊非常投缘，两天里称兄道弟，热络得很，为此李源也多喝了好几杯酒，险些败倒在酒场上。两人交换了名片、互存了手机号码。只是李副团长酒过三巡时的一句戏言让李渊羞愧难当。李副团长说，李镇长，您还藏有一手，您的大作《破局》如雷贯耳，然我还没有觅到您的签名本。也许是李副团长或早作功课或早有耳闻，李副镇长是大学副教授，著有著作的事，全知道。李渊有愧，说甘愿罚酒三杯，拙作实

最后的箫声

在是手头上已经没有,待日后快递奉上。于是,李渊自罚三杯,李源再敬三杯,一下子把酒宴推入高潮。送走李源他们,李渊与出版社联系,又花了几千元买了二百本书,当然是出版社的内部价。收到书,李渊也不敢耽搁,一一签名,一大捆二十多本,一下子快递发给了李源,请他转交其他各位随行的干部。不多日,李渊接到了李源的电话,说大作已经收到,也一一全部转交,已经开始拜读,大赞李教授知识渊博、观点新颖,真是读君一书,定将受益半辈子。李渊自知李源说的都是官场上的一些客气话,但听来却也受用,窃思自己花了好几年的功夫也总算遇见了知音。自此以后,逢年过节,李渊也总忘不了给李源或发短信,或寄明信片,或干脆打电话,问候问候。而李源后来也是官运亨通,几乎是一年一个台阶,只几年已经升到李渊需要仰视的位置。而李渊在陈墩镇待了几年后也回到了大学,副教授的年限也到了,便开始申报正教授。

申报正教授需要论文、著作等学术资料,李渊便开始找那本自以为影响还是不错的《破局》。只是,买得不多,送得多,找遍了书房竟然一本也没有找到。李渊与出版社联系,出版社的编辑早离开了,库存里也没有找到。李渊只能网上淘二手书,淘了好几家,还真的被他淘到了,书价不高,且品相很好,李渊干脆花了二百多块钱,把那些二手书全部买了回来。他想,说不定以后那位朋友讨要，还可以送送人。

书收到后，李渊随手取了最上面的一本作申报资料，便把其他书藏入书房。

最后提交申报资料的那天，李渊心情很好，看着几年前的书又出现在自己眼前，觉得很亲切，似乎外出的孩子突然回家来一般，少不了一番抚摸，然打开扉页时，李渊惊呆了。

那上面分明是他的亲笔题词和签名"拙作敬请李源兄教正！愚弟李渊于某年某月某日"。

看品相，这书似乎从来没有被人打开过。

撮 合

李副校长凑近小院子一听，险些笑出声来，俩刘在用俄语谈情说爱。至于说啥，他一句也听不懂。

陈墩镇中学有俩刘，远近闻名。一刘，叫刘能，高三物理老师，上海复旦大学高材生。一刘，叫刘媛，高三英语老师，北京外国语大学俄语系高材生。其实，俩刘是没有任何关系的。刘能，男的，40出头，人才引进，从黑龙江调来的。刘媛，近40，也是人才引进，从新疆调来。她是上海人，早年去新疆，无力回上海，便选了离

最后的箫声

上海不远的陈墩镇。

因有俩刘,陈墩镇中学高考业绩辉煌,每年高考录取率直逼市高中,反过来从市里转学来陈墩镇求学的学生也不少。

俩刘兢兢业业,一门心思扑在教学上,平常时,教室、宿舍、食堂,三点一线。

大家都知道,俩刘单身,至于以前有没对象,大家都不清楚。有一回校长例会上,周校长说,俩刘,是我们学校的宝。两个人也老大不小了,若是谁找了对象,结婚成家离开我们陈墩镇,那我们学校损失就大了。最好的办法就是撮合他们成一对,在我们这里结婚、成家、生孩子,我们学校也可以给他们安排一套房子,把他们的心牢牢地拴在这里。这事,大家都要出力,尤其李校长夫妇得出面做好工作。

会议以后,大家也就开始分头行动。有的分头给俩刘传言,说,学校最近几年要给教职员工分住房了,双职工优先,你们得抓紧物色对象了。李副校长去找刘能,说刘媛怎么怎么好,愿意帮他成全秦晋之好。李校长夫人程老师去找刘媛,说刘能怎么怎么好,愿意帮她穿针引线。俩刘,本没有过多的想法,看在李副校长夫妇的面上,都勉强答应先处处看。周末,李副校长夫妇忙碌着,把俩刘约到自己家吃饭。吃了饭,夫妇俩让出小院子让他俩喝茶说话。谁知,俩刘在小院子里干坐着,就是不说话。第一回牵线,就这样不尴不尬地收场。

第二回，李副校长夫妇事先都做了工作。俩刘都答应互相之间说说话。吃了晚饭，俩刘在小院子喝茶。还是刘嫒主动，先开了口。刘能也不敢冷落刘嫒，也说开了。在厢房里的程老师悄悄过去跟李副校长耳语，说，他们俩唧唧咕咕不知在说啥。李副校长凑近小院子一听，险些笑出声来，俩刘在用俄语谈情说爱。至于说啥，他一句也听不懂。第二天，李副校长兴冲冲去跟周校长报告。周校长听了噗地一下笑了，说，有戏！

于是，学校上下全都创造机会让俩刘在一起。教导处更绝，给俩刘的课表作了精心的调整，以确保他俩能同出同进。尤其是中午，第四课都给他俩腾出时间，可让他俩一起早进食堂，安安静静地吃饭说话。俩刘在一起的时候，总是叽里呱啦说些谁也听不懂的话。

过了半年，俩刘突然向周校长提出请假一起去上海，探望患病住院的刘嫒父亲。周校长自然一口应允。俩刘匆匆出发。周校长跟李副校长说，这下真的有戏了。谁料想，刘能独自先回，刘嫒续了几天假，迟迟才回。回校了，俩刘互相见了判如陌路人。周校长急了，让李副校长出面了解。问刘能，刘能说，自己也不知道刘嫒怎么会突然不理他。问刘嫒，刘嫒说，刘能在自己家人朋友面前表现太差，让她大失颜面。再问刘能，刘能挺委屈地说，

最后的箫声

其实自己真的不知道哪里做错了。两个人不再同出同进。

平时，俩刘进的是相同的两个高三教室。教室留言板上，刘能写了一段话，好像是俄文，关照学生谁也不能擦掉。刘媛见了，让值日生擦了。值日生说，男刘老师不让擦。刘媛恼了，自己擦了。如此反反复复，刘能写，刘媛擦。最后刘能不知写了一句啥话，也是俄文的，刘媛见了愣了老半天。

到了暑假，镇上出钱让高三高考有功教师去江西婺源游玩。俩刘都要请假，周校长不允。到了婺源，刘媛突然胃疼呕吐不止，刘能当然义不容辞，一起送刘媛去县医院就诊。谁料想，刘媛患的是急性阑尾炎，得马上住院手术。然让谁留下陪刘媛手术时，遇上难题，几个女教师都说家里有事需要随队赶回，若让其他男教师单独留下陪护，确有点尴尬。最后，还是周校长说，刘能，你回去了也没事，就留下吧。刘媛正在疼痛时，自己也做不了主。

于是，俩刘与团队分离，留在婺源县城，一个手术，一个陪护。医生让家属签字，刘能签了。手术前后，刘能鞍前马后一直陪护在刘媛的身边，不管刘媛愿意不愿意。尤其是手术后，刘媛憋尿急了，要上厕所，自己一时作不了自己身子的主，只能由刘能护着帮助。

刘媛不说话，刘能用英语跟她说，病房里有人在议论，说你是哑巴。刘媛用俄语回击了他一句,你才哑巴!于是,俩刘在病房里一会儿英语、一会儿俄语,谁也听不懂他俩说啥。

刘能问,我的表现好吧?!

刘媛说,你这是伪装的!

刘能说,我是真心待你好!

刘媛说,在我们爸妈兄妹面前你过不了关,就永远别想进我的家门。

刘能说,那我们先结了婚再说吧。

刘媛说,你想得太美,做你的大头梦去吧!

刘媛出院,两人分手。一人回了学校,一个去了上海。

几天后,刘媛从上海回来,跟刘能说,我们去领结婚证吧。刘能简直不敢相信自己的耳朵,半信半疑地问,你爸妈真的同意了?!你是怎么说服他们的?

刘媛带着一脸沮丧,说,我爸妈仍旧没有同意,不是嫌你人不好,而是他们已经帮我在上海找好了接收单位,让我调回上海。

刘能说,那你去吧,这里毕竟是乡下。

刘媛说,我想通了,就跟你一起在乡下吧。住院的那些天,我一直在想,找一个心仪的单位不易,找一个心仪的人更不易,我不想再等了。

第三辑　闲人笔记

　　我乃闲人，闲人自有闲人的乐趣。闲人喜欢结交三教九流，闲人喜欢道听途说，闲人尤其喜欢听一些别人的情事，乃至风流韵事。当然，闲不住的时候，自己也客串一下。

保护伞

　　突然，一把折叠伞花一般在他头上绽开。瞬间，他闻到了那股熟悉的馨香。蓦地回头，李群突然与一双明丽的眼睛相遇，他不敢相信自己的眼睛，为他打伞的竟是她。

　　李群到财务科领自己第一个月工资的时候，突然发现给他发工资的她是那么的天生丽质，白皙的脸庞美瓷般靓丽，披肩的黑发散发出幽幽的馨香。签字，从兰花般纤美的手指中接过那并不很多的纸币的瞬间，李群似乎感到自己的呼吸有点急迫。她叫曾珍，这是他后来知道的。

说来也怪，就那么一回，李群眼前老是晃动着她的倩影。有时，他会找一些理由让自己从财务室窗前走过，然后朝窗内看上一眼。于是，他也常常巴望公司发点什么，如加班费之类，那他就能不需任何理由接近她，享受她那让人神怡的发肤幽香。

为了能同路多看她一眼，他下班回住处时，宁可多转一趟班车。其实，曾珍是个挺随和的女孩，也可能是特殊的岗位，上下车出出进进时跟她打招呼的人特多，其中当然不乏跟她讨近乎亲近的男同胞，而李群只一直默默地平静地注视着她。有几次，工会里搞联欢，李群则一直坐在一边的角落里，静静地享受着她的歌声和舞姿。纵然有谁走近她，跟她亲热，他也一直保持一种近乎木然的神态。

然而，有一段时间，他发现，她变得很忧郁，靓丽的脸上总是眉头紧锁。

终于有一天，下班的路上，她神情紧张地小步跟在李群的身边，怯怯地说："千万别丢下我。"李群不知发生了什么，停下脚步，她更紧张，说，"你只管走就是了。"走到半路无人处，她突然拦了辆出租车，径直走了，把李群晾在那里。李群愣了半天，也没有弄清到底发生了什么。

又一天，正下班，下了一场雨，急雨，但并不很大，只是几乎

最后的箫声

所有等车人都挤在不大的候车亭里，唯个子高大的李群没能挤入，似乎他也没有想挤进去，急雨无情地打湿了他的外衣和头发，他似乎毫不在意。突然，一把折叠伞花一般在他头上绽开。瞬间，他闻到了那股熟悉的馨香。蓦地回头，李群突然与一双明丽的眼睛相遇，他不敢相信自己的眼睛，为他打伞的竟是她。因为他个子高，她只能踮着脚。就在他局促不安时，她把伞交给了他，自己则冲进雨里，坐上一辆急驰而来的黑色轿车，在好多诧异的眼光中走了。

那天，不知是嫌公交车太挤，还是想尽情享受一番雨伞特有的温馨，李群居然撑着花伞在雨中漫无目的地朝前溜达。不料，在一处无人的十字路口，他被一辆有意冲他疾驶而来的车子刮倒。待他被人送到医院，缝上伤口，躺上病床，迷糊中想起那把花伞的时候，身边的医生护士都说没看见。丢了曾珍的伞，李群很是沮丧。

医院里住了一个来月，李群觉得度日如年。终于挨到能下床的时候，李群跑了一个又一个商场，终于觅到了一把有点差不多的雨伞。可当他赶到财务室时，曾珍的位置上竟坐着一位眼袋很大满是花白头发的老头。老头告诉他，曾珍进去了。李群一下子懵了。

原来，公司财务审计中，发现好几笔差错，最后断定有人抽拿了现款，且数额不小，便怀疑曾珍。曾珍也承认，但对款项的去向缄口不说，只是在那里抽泣。知情人说，曾珍交上的男友好赌，欠了好多高利贷，一直被追债人追逼着，挪用公款定是为了好赌的男友。为爱情落得如此地步，真让人不可思议。

那天，沮丧的李群辞了职，并去了次乡下，邀了十来名会手艺的同乡，借钱注册了一家装饰公司。李群自己又搞设计又跑生意。不几年，公司搞得红红火火，利润年年翻番。只是这几年里，李群一次次跑法院，帮曾珍还上了亏空的公款。

三年后的一天，天特晴，夏日中午的阳光特别刺眼。李群知道，曾珍可以出来了。李群守候着，当曾珍步出小铁门眯着眼不知所措时，突然一把折叠伞花一般在她头上绽开。她木然，问李群，"你是谁？""我是李群呀！"她仍木然，似乎在脑际搜寻先前的记忆。"这是你的，一把伞，还你！"李群说。

过了好久，她似乎想起了什么，说："我想起来了，你是新来的大学生，我曾拉你做过我的保护伞。"

"是的，我就是你的保护伞！"李群说。

冰　河

"石灰爆"说，他要杀你，我可管不了，国有国法，家有家规，我们生产队也有队规。你这次要是不去，你欠队里的透支款，别想减免了。于是，两个老死不相往来的仇人上了一条船。

年底，生产队里聚餐。阿璋喝醉了，操着砍刀追杀阿经，追得阿经无路可逃只能跳河。队长"石灰爆"实在看不下去了，发脾气了，让众人把阿璋拖住。其实，阿璋要砍阿经是有原因的。阿璋外出开河时，阿经偷偷地缠上阿菱。阿菱原本是阿璋小时候爹娘说好的娃娃亲，只是阿璋爹娘死得早，阿菱爹娘有意悔婚。

阿璋听人说阿经背着他缠上了阿菱，丢下手里的活，气急败坏地赶回村里要跟阿经论理。没想到阿菱娘站出来撒泼，说人家阿经家请的媒婆都上门送彩礼了。你阿璋自己穷得裤子还得等着干，让我们家阿菱跟你喝西北风呀？！

有阿菱娘拦着，阿璋自然发不得飚，忍声吞气看着自己心仪的女人哭哭啼啼出嫁，三天两头儿吵架。

进了隆冬，"石灰爆"让阿璋和阿经去一百八十里水路的外县买良种谷子。阿璋、阿经是这次远航的最佳人选，因为他俩水性好，这水道只有他们还熟一些。可阿经心惧，他不想跟阿璋同去。

"石灰爆"不依，说我这是集体大事，个人小事得服从集体大事。阿经私下里跟"石灰爆"说狠话，说，阿璋恨死我了，这回我非被他杀死在半路上。

"石灰爆"说，他要杀你，我可管不了，国有国法，家有家规，我们生产队也有队规。你这次要是不去，你欠队里的透支款，别想减免了。

于是，两个老死不相往来的仇人上了一条船。

一路上，摇摇船，扯扯篷，去时还算顺畅，只是两个人没有说一句话。可到外县一看，买良种的人多，发货的人又摆架子，他俩拿着县一级的介绍信还得排队候着。等了几天，好不容易才买到良种。

待船往回摇时，天却变了。寒风凛冽，大雪纷飞。一夜之间，河便结了一层冰，那冰踩又踩不得，行船又挺艰难。阿璋和阿经只能轮番着摇船与敲冰，想赶在河道冰封之前赶回村，否则他俩非冻死不可。

眼看着离村还有十几里水路，两人想再使一把劲，赶回村里。谁知，船在冰封的河里搁了底，进了好多水。为了堵水，两人弄得全身湿淋淋的，刀割一般的寒风中一站，哗啦啦成了冰衣，人直颤。

事实上，要待天亮后被人发现，他们必定冻死无疑。

冰河中，他俩陷入绝境。火柴早已着了潮。船舱进了水，他们的被子也湿了。事实上，只要两人事先多一些商量，结局不会如此被动。当他们离开外县县城的时候，完全可以买包火柴。当船舱进水的时候，他们完全可以先把对方的被子从水里抢出来。

绝境让他们不得不开口商量如何逃生。事实上，在这寒风凛

最后的箫声

洌的冰河之上，逃也是死，不逃也是死。阿璋和阿经，谁都不愿死。他们都有自己的牵挂。只是不肯说出来而已。

阿璋从被子里掏出一瓶高度土烧，跟阿经说，我们现在只有这半瓶烧酒，也许能够救我们一命。我们来抓阄，喝到酒的，爬上岸求救，喝不到酒的在船里等人来救。

阿经说，酒是你的，你尽管做主，我没有办法。

阿璋做了个阄，让阿经先抓。

其实，抓到与抓不到，结局没啥两样。两个人没有其他选择。冰湿的衣服，已经顶不住严寒，两个人已在极度的寒风中磕着牙瑟瑟发抖。

阿经抓到留船上。阿经释然，他想一样是死，还不如这样懒懒地死去。

阿璋喝了一口酒，脱下冰冻的外衣，穿着紧身衣裤下了冰河。阿璋一手抓着酒瓶，另一手划动，在冰窟窿里艰难移动。想上去，冰水够冷的，阿璋只能不时地呷着烈酒。

阿经知道阿璋是在拼死一搏，只要能爬上远处的冰面，前面不远地方便是亮着昏黄灯光的村庄。但阿经不敢这样冒险，只颤抖着眼见阿璋在冰河里挣扎，脑间一片空白。他知道，自己的气数已尽，即使阿璋侥幸爬上冰面，爬到村子里，也不会折回来救他。让他在冰河里冻死，是阿璋求之不得的事。

第三辑 闲人笔记

不知过了多少时辰,阿经只看到一些自己从未看到过的景象,像露天电影一样在眼前一晃一晃的。阿经脑子里只想着,自己千不该万不该抢走阿璋的女人,弄得阿璋恨死自己,而阿菱又冷冷地给自己冷背。

后来,阿经是如何活过来的,他已经记不得了。听人说,是阿璋搬来救兵救了阿经。阿经得救的时候,已经奄奄一息。

阿璋救了阿经之后,仍冷冰冰地不理阿经,这让阿经很伤心,也挺后悔。他厚着脸央"石灰爆"出面,为他和阿璋调停。

阿经借钱割了猪肉,买了瓶土烧酒,还备了一包烟,央"石灰爆"把阿璋请上。喝酒时,阿经一个劲地谢阿璋的救命之恩。

阿璋自顾喝酒,"石灰爆"请酒,他没有不喝的理由。阿经十二万分诚意地给阿璋敬酒,口称,大哥,小弟谢你救命大恩。阿璋只当没看见。

呆站了半响,阿经咚地跪在阿璋面前,口里喃喃,大哥,我向你道不是,你打我一顿吧。

阿璋还是不理,冷如冰霜。

阿经突然一激灵,狠狠地说,大哥,我把媳妇还给你吧,我们从此恩怨两清了吧!

阿璋先是一愣,一怒,突然性起,酒杯一摔,挥起一拳。

阿经顿时跌扑在地,"石灰爆"急急拉起一看,满脸是血。

最后的箫声

后来，卫生院医生说，阿经的鼻梁骨被打烂了。

之后，没有鼻梁骨支撑着的阿经，说话嗡嗡的，人前一直蔫蔫的。

彼　岸

阿品跟阿雨是工友，他们曾一次次游去孤岛。阿雨也曾独自见到孤岛上的她，吃她准备的瓜果，却不知道原来阿品已经与她有了私情。

阿雨他们的工程船在江边参与一个大型的码头施工。

每日收工，阿雨总是和工友阿品坐在工程船舷上，望着远处的孤岛久久地发愣。

孤岛不大，像一叶小舟漂浮在江面上。天特别晴的时候，能够依稀望见孤岛上有窝棚，有袅袅的炊烟，孤岛边似乎还有小船来往。

周日歇工，有家的工友都回家了，阿雨和阿品待在工程船上显得特别无聊。

阿品跟阿雨说，我们游去孤岛玩玩，敢不？！

阿雨跟阿品同岁，只是小几个月，平时，两个人凡事一直较着劲。阿雨听阿品这么一说，自然不敢示弱，谁不敢是孬种！

于是，两个人约定谁先到，谁就像古人一样在孤岛上点起一缕狼烟。

两个人下了水，争先恐后朝对面的孤岛游去。

然，毕竟是大江，江面上水急浪大。一会儿，阿雨就与阿品分开了。游了不知多少时间，就在阿雨离孤岛还很远的时候，孤岛上竟然燃起了那约定的狼烟，阿品已经登岛。阿雨心里很不甘心，拼命朝孤岛游去。然就在阿雨离岛不远处，阿品却养足了劲又游了回来。

第一回比游水，阿雨输得很没面子。第二回，再约，阿雨仍是输。第三回、第四回，阿雨回回不是阿品的对手。阿雨心里憋屈，每回，自己紧赶慢赶的时候，阿品已到岛上人家去歇脚了。孤岛上只有几户种菜的菜农，平时很少有人上岛，一来二往，阿雨成了他们的朋友，每回岛上的人总是事先准备着吃的喝的以阿品朋友的身份来款待阿雨。虽说阿雨每回都输，但阿雨自己也感到一个暑天下来，自己游水时明显比以前有劲了、快了，也渐渐地与阿品拉近了距离。他想，若是照这般游下去，他总有一天会超过阿品，赢他的。

谁料想，就在暑天即将过去的时候，一场暴雨袭击了他们的施工工地。工班班长让阿雨、阿品上了工程船甲板，跟工友们一起去固定被暴风吹得翻飞的施工物件。就在这次抢险时，阿品被飞起的重物砸中，昏迷不醒，送医院抢救了好久才缓过气来，然一条腿和几根肋骨在这次抢险中被砸断了，住了好长一段时间的医院，最后拐着腿永远地离开了工地。

离开时，阿品把阿雨拉到一边，悄悄地说，明年你若是再游孤岛的时候，你帮去找一位姓叶的姑娘，就跟她说，阿品辜负了她，在她面前吹大牛了。

阿雨记着阿品的话，第二年春水一返暖，便独自下水游到了孤岛，找到了阿品说的那位姓叶的姑娘。阿雨也曾见到过她，吃过她准备的瓜果，只不知道原来阿品已经与她有了私情。

阿雨跟叶姑娘说了阿品的事，叶姑娘嘟着嘴说阿雨是跟阿品串通好了来骗她的。他水性那么好，他曾跟她发誓要当海军，更对她许诺，他当上海军后就把她当成他自己的人。他一定是当上海军后，反悔了。阿雨翻来覆去解释，叶姑娘就是不信。

又过了几日，有人到工程船上来找领导。阿雨一看，是孤岛上的菜农和他们的女儿。

一会，领导来找阿雨。领导介绍了阿品的真实情况。阿雨也不隐瞒，照实说了。菜农说，叶姑娘是他们的闺女，性子倔，认准阿品是个有能耐的好人，非要跟他好。其实，原本他们就讲好的，互相承诺。年轻人一诺千金，这是他们的原话。

领导感动了,又把离队的阿品召了回来,让他在岸上做后勤。

第二年冬天,工程队破例为阿品与叶姑娘举行了一个热闹而简朴的婚礼。

又一年,阿雨当上了海军。临走时,阿雨最后在江中游了一回。阿品看阿雨游水时,说,阿雨的游水本领已经远远超过我以前了。阿雨说,其实我不是非要赢你不可的,只是一直不甘心比你差。没有你,我不可能游得这么好。

伤　心

有随团的旅友轻声跟李斯耳语：东方航空真大方,给你一路配了个大美妞。

李斯登上东方航空从墨尔本到上海的飞机,这是他退休后随团观光澳洲的回程。登机时,李斯没有能和团队里的人坐在一起,而是夹在陌生旅客的中间,一边是一位胖乎乎的老外,一边是一位小女子。那小女子,五官特别精致,咋一见,有一种让人蓦然心动的感觉。小女子穿得挺随意,肌肤细腻泛着淡淡的黝黑,一阵阵幽幽的肤香萦绕着他,不时撩拨着李斯敏感而脆弱的鼻翼。小女子一上飞机,就沉浸在自己的世界里,戴

最后的箫声

着耳机听音乐，摊开 Apple 看连续剧、玩游戏，听累了、看累了、玩累了，就架着羊角旅行枕安静地入睡。

下了飞机，李斯与小女子一前一后入关、取行李，有随团的旅友轻声跟李斯耳语：东方航空真大方，给你一路配了个大美妞。李斯笑笑。

几乎同时，李斯和小女子都发现了自己的行李箱，很巧，都是德国产的 rimowa 铝美合金旅行箱，然李斯是 20 寸的小箱子，伸手一拉就从行李输送带上取了下来，而小女子却是一只 30 寸的大号旅行箱，拉了几次都没能拉下来。小女子跟着旅行箱移动着，一副无助的窘态。李斯走过几步，轻轻说了一声，我来。就帮小女子拉箱子，不料，箱子出乎意料的沉，李斯一用力，没拉下，再用力，拉了下来，而李斯在取下箱子的同时，觉得心口"咯"地一疼。

小女子说声谢谢，径直推箱子走了，她似乎已经习惯了别人友善的帮助。

李斯一路上拉着自己的行李出来，有团友跟他开玩笑，说李斯有艳福，人家小美妞专门提供机会让他为人民服务。李斯笑着，眉头却皱了起来，觉得心口有些异样，一阵阵的，隐隐作痛。李斯心想，也许是坐长途飞机累的。

出了机场门，李斯渐渐地落在了队伍的最后。见推着行李的大部队都过了人行道，李斯努力地紧走几步，谁知一辆黑色宝马急速而来，离李斯一二步左右戛然而止，却蓦地连按几声喇叭，带着不可一世的蛮狠。李斯一个惊吓，心口更不舒服。李斯拦住宝马，心痛得慌，人软了下来，瘫坐在宝马车头前。

宝马车主发着飙，骂骂咧咧地打电话报警，一口咬定自己被人碰瓷讹诈上了。

一会，警察来了。宝马车主仍骂骂咧咧咬定自己被人碰瓷、被人讹诈。李斯没有说话，一脸痛苦。

警察问，他撞你了？

李斯摇摇头。

警察又问，你能站起来吗？

李斯又摇摇头。

警察再问，你要去医院吗？

李斯点点头。

警察迅速给宝马拍了照，收了车主的驾照，把李斯的行李载上警车，扶着李斯坐进警车。

宝马车主不干了，骂着。警察毫不理会，鸣响警笛，拉着李斯一路直奔最近的医院。警车一到，医院里抢救的医护人员就用推床把李斯推进了抢救室。主治医生第一时间的判断是李斯心血管破裂。李斯迅即被送进手术室。

最后的箫声

手术很成功，李斯在重症监护室待了十来天，终于起死回生。主治医生说，如果再晚一二分钟，就很难抢救了。

十几天后，在警察的协调下，肇事宝马车主来医院道歉。当宝马车主走进病房时，李斯愣住了，一旁陪同且手捧鲜花的竟然是飞机上邻座的小女子。李斯不解，小女子抢先说，实在对不起，我和我男朋友向您道歉。

李斯竟说，没事的，我还得谢谢你男朋友，不是他第一时间报警，我也许归天了。

小女子问，你不怪他？

李斯点点头。

小女子又问，你不追诉他？

李斯点点头。

宝马车主不解，问，你们俩认识？

小女子说，我告诉你的，搬行李做好事的大叔就是他。

宝马车主献上鲜花，道歉说，大叔，请原谅我的鲁莽，您让我知道这世界上还是好人多，与人要为善。

李斯笑了。

李斯出院后，在那份车祸认定书上签了字，放弃了对宝马车主的追诉，谁都知道，那肯定是一笔不少的钱。李斯的朋友都说，不是李斯傻了，就是李斯见人家小美妞心动了。

李斯还是那句话,人家根本没有撞我,我为啥去讹他呢?做人切不可昧着良心。

煤油之恋

我被压着,透不过气来,一阵阵,迷迷糊糊的。我闻到了刺鼻的煤油味,我记得,屋子塌下来的瞬间,我抓住了床边的煤油风灯。

20岁那年,我到银泾村插队劳动。离开苏城时,爹给了我一藤箱书,那是爹的宝贝。队长摇船来公社接我。到了村里,在上岸的忙乱中,藤箱撞在了石墩上,铰链断了,书撒了一地,有的险些掉进水里。队长吆喝,一个男子过来帮我。我被安置在队里的小库房里。傍晚时分,那男子过来给我送东西,我一看,那是一盏手工做的煤油灯。男子说,看书用。男子点灯,灯光映着他瘦高的个子和轮廓分明的脸庞,三十岁左右,干练而沉默。男子站了一会迟疑地说,想向你借本书,一看完就送还。我很爽气,说,书,有的是,你尽管挑。他拿了那本肖洛霍夫的《静静的顿河》,一副爱不释手的样子。

当晚,队里开大会。队长挑饲养员。集体猪场的一个老饲

最后的箫声

养员前几天过世。我喜欢肉嘟嘟的小猪,头脑一热,我说,队长,让我养猪吧。队长说,那你得住在村外的猪场上,有时还得一个人撑着,怕不?我说,不怕。

猪场三面环水,很安静。我喜欢安静的地方。我想,到了夜里,伴着猪的叫唤,在煤油灯下静静地读自己喜欢的书,那是很惬意的事。傍晚时,借书的男子过来还书,又借了本《攻击柏林》。男子离开时,队长正好过来。队长没好气地说,那书呆子,你离他远点。他是地主苏瓜子家的三儿子,叫苏三,三十岁了还没找上对象,你得提防点他。我没接话茬,突然觉得脸有点发烧。

其实,猪场上,根本没有自己原先想象的那么清闲。几十上百头大大小小的猪,整天得忙着为它们弄吃的。白天,我跟着老饲养员,挑水、煮猪食、切水草、喂猪食,到了晚上早已累得腰酸背痛,根本不能看书。

又过了几天,苏三过来还书,他没说啥,放下书就走。我一脸疑惑,拿了本车尔尼雪夫斯基的《怎么办》硬塞给他。他有点惶恐,书一拿,急急溜了。

这天晚上,睡到半夜,我突然被一个奇怪的声音惊醒。睁眼,眼前一个巨大的黑影把我吓得几乎灵魂出窍,出于求生本能,我惊叫起来,声嘶力竭。黑影慌了,夺门而去。我不停地叫,一直到黑影消失。而同住猪场的老饲养员耳聋,什么都不知道。

第二天天亮，我哭着去找队长。队长骂了几句粗话，抱了自家院子里一只脏兮兮的小狗，说，好好养大，它会撑你胆的。看那小狗，我还想哭。

为防备再有黑影来骚扰，我想了好多法子。临睡前，我总是把一些叮当作响的锅盆勺挂在门框上。

黄梅季节来了，雨下个不停，下得河水涨得满满的，猪场通村子的堰堤上也漫上了水。我的土坯茅草屋到处渗水，被子整天湿漉漉的。一天天，我只能待在猪场里，等天晴好、等水位退去。但我的茅草屋最终没能撑过一轮又一轮的风雨。一天半夜，茅草屋一下子塌了，我想逃，没逃成，被塌下的土坯乱砖竹木什么的一下子压住。我被压着，透不过气来，一阵阵，迷迷糊糊的。我闻到了刺鼻的煤油味，我记得，屋子塌下来的瞬间，我抓住了床边的煤油风灯。过了一会，我觉得有人在扒我身上压着的重物，我渐渐地缓过气来，但我还是一阵又一阵迷糊。迷糊中，我感到，有人把我从废墟中扒出，有人给我裹着雨衣背上小船。我只觉得身子湿漉漉滑腻腻的，不知是水是血是泥还是煤油。后来的情况，我不记得了。我是怎样被送到队长家门口的，我是怎样反复念叨着"煤油煤油"的，我是怎样被送到公社卫生院的，都不记得了。这还是后来从队里派来陪护我的知情人那里听说的。我还知道，那个晚上，队长从我

最后的箫声

不停的胡话中，得到了启发，把全队所有的男子叫出来排查，结果苏三被抓了，罪证是身上浓重的煤油味。队长派人把苏三送到了公社派出所。派出所民警审问苏三。苏三承认是他从废墟里把我扒出来背到队长家门口。民警问，半夜三更，你去猪场干吗？苏三不说。后来，苏三被押到了县拘留所，罪名是破坏"上山下乡"。

苏三是我的救命恩人，这是无疑的。我在卫生院里住了一段时间，溜了出来。到了县里，我到处打听苏三的下落。我几乎跑遍了看守所、公安局、检察院、法院。我一一跟办案人说，我就是被苏三半夜里从猪场上救出来的插队女青年，他是我的救命恩人，我愿以身相许，证明苏三的清白。有人劝我，他成分不好，你犯不着污你自己的清白。后来，苏三终于被放了出来。当然，蹲拘留所的坏名声出去了，苏三更没人会嫁给他了。有一回，我拦住他，跟他说，现在人家都知道我要嫁给你了，我绝不会食言的。他犟着说，我不愿意。我铁了心，说，你不愿意可以，我就一辈子不嫁人。僵持了几年，到了1977年，我在当年的高考中顺利入榜，依依不舍地离开了银泾村。临走时，我去找苏三，跟他说，我在苏城等你。

第二年开学，我去车站接新生，苏三突然出现在我的跟前。他看了我一会，竟坏坏地叫我一声"学姐"。我没有转过神来，一直到亲眼看见他的"入学通知书",我才抑制不住,顾不得周围那么多新生,抱住他痛哭不已。原来,我走后,他在家默默自学了一年,凭着非常优秀的成绩,考取了我们学校我所学的专业,成了我的"学弟"。

大学毕业,我俩先后留校任教。

我们成了家。结婚那晚,我们的新房里点了好多煤油灯。我问他,那晚,你怎么会在猪场?他说,自从有人骚扰你开始,我每晚就一直在附近的小渔船上守着,我不放心。

遥远的木风琴

我们学校的门窗竟然被人撬开了,所有的抽屉都没有失窃,唯有那架木风琴被砸得稀巴烂。

我应约来到水秀路上心园咖啡馆的那晚,是个平安夜,那真是个温馨的夜晚,没有风,是个暖冬,咖啡馆里播着萨克斯管乐《回家》。

阿瑛告诉我说,她选这个日子,是她还记得,十八年前我离开小山村的那天晚上正是平安夜。那晚,她只觉得一夜惘然、无奈与无助。

最后的箫声

我站在室内芭蕉叶旁，透过木格子装饰窗，凝视着眼前高低错落着的根根茎茎的草饰。稻草和麦秸的编结，原始而又时尚。在柔柔的灯光下，芦絮定格了，情调是暧昧的。

"怎么样？"阿瑛似乎有点得意地问我。"不错。"我说。

"不错就是不怎么好。"阿瑛说，"我让你看更好的。"

那天，阿瑛穿着套裙，我说不上颜色，像是绛红色的，只觉得有点贵气。我发现阿瑛变了，变漂亮变成熟了，身材匀称了，腰肢也是柔柔的。已没有了山村人那土里土气的影子。

我没有说话，只紧紧跟着阿瑛在虚拟的山涧篱笆墙与小木屋间穿行。

"闭上你的眼睛，让我给你一个惊讶！"阿瑛说。说的时候，阿瑛站在一块鹅蛋形的草坪上，那当然也是虚拟的，手扶着一架蓝色大布蒙着的大物件。

我张开眼，像我十八年前刚见到那架老式的木制旧风琴一般，摸了一摸，木质显然老旧了。琴键，也磨损了不少，但坚硬如年轻人的牙齿。一踩咯吱吱响。风仍是鼓鼓的，依次一按，只是中音和高音区中有几个哑音。

比原先那架要好多了，给我两天时间，我会修得像原先那架一样动人。我想。这只是一个摆设，恰如无法飘动的芦絮。

阿瑛为我俩安排了一间小小的包厢，粗布的门帘垂着。阿瑛吩咐服务女生为我们上些什么,再播放些什么。"没事不要来打搅。"阿瑛让服务女生吩咐下去。

饮料端上来,呷了一口,我说:"这是大麦茶。"阿瑛说:"你不是说我家的大麦茶最好喝吗?"我说过吗?我忘了。

音乐似乎换了,不再是《回家》。而是"在那遥远的小山村……"

你在怀旧,阿瑛。我想,但我没说。

十八年前,我苏城师范毕业,去了那远离城市的小山村,这是我的渴望。我并不高尚,我只是一个志愿者。我在那里遇上了阿瑛,她才高中毕业,到小学当老师,是代课的。小山村里的日子,缓慢而又慵懒。太阳高高的,我们才上课;夕阳还在老高,我们已经下课了。送走学生,便迎来漫漫长夜,幸亏有这架老掉牙的木风琴,这是几年前老校长临退休时留下的。已经漏气,已经哑音,我花了整个一个星期,又让它发出了魔幻般奇妙的声音,呼嚓呼嚓地踩着,正跟小山村的慵懒合拍。

阿瑛家离学校不远,每天送走学生后,又折回来,看我弹琴,后来竟能跟着我的琴声,唱一支又一支即时流行的歌。阿瑛的歌喉是清甜的:"在那遥远的小山村,小呀小山村……"是阿瑛最爱唱的。他们的小山村,产桃产梨。记得阿瑛曾告诉我,一到春上桃花梨花开的时候,满山满野的是粉红的紫色的云彩,要多美

最后的箫声

就有多美。只是,桃梨再好,不能当饭。从山里运出去,那么多山路,自然卖不了多少钱,山里人一直穷着。

一天天,总是我弹琴她唱歌。我们的琴声与歌声,惹得村民驻足,一茬又一茬的。

小山村民风纯朴,家家敞门露户,而突然有一天早上,我们学校的门窗竟然被人撬开了,所有的抽屉都没有失窃,唯有那架木风琴被砸得稀巴烂。我好恨自己,就住在校院里,睡得竟像那死猪一般。阿瑛后来告诉我,这不能怪我,因为她定亲了。我疑惑,她定亲与这木风琴被砸是完完全全不搭架的两码事。几天后,我被镇中心召回。

"那架木风琴真好。"我和阿瑛同时说。只是我不知她指的是这架还是那架。

"你知道。"阿瑛说,"我是特别特别喜欢当老师的,我多么想伴着那架老旧的木风琴在山村里的小学校里教书教到老。但风琴被砸了,全是为我。我的心被人割了一道道口子,我被深深地伤害了,我不再留恋那个山村。我一个人走了出来,义无反顾。唉,我走出了山村,却永远走不出山村的影子。这些年我拼命地唱歌赚钱。我一直在想,等我赚够了钱,我一定在我们村盖一所新学校,买一架最好的钢琴,请上一位最好的音乐老师,让我们的小山村里整天有琴声有歌声。"

说着，阿瑛哭了。

半晌，我说："要不我明天把那架木风琴修修吧。"其实，我也知道，那已是毫无意义的事了。

公众影响

谁知，她这么一躲，竟躲出了大事。偌大的山庄，竟然走得一个人也不留。

有一对甜美笑窝的归缨是桐城电视台的新闻主播。其实，归缨当新闻主播才一年，还只是个B角。有时台里有外拍任务，归缨也被安排到现场。

桐城跟响山是对口合作的友好地区。每年，桐城都要到响山搞一些有影响的活动。活动时，电视台总安排最强的阵容，随队前往。这次，归缨也在其中。

几天紧张的活动采访，告一段落。东道主在一处僻静的山庄安排晚宴，答谢桐城参加活动的领导企业家记者一行。归缨是主播，很自然地被东道主邀请坐上主桌嘉宾位。归缨不会喝酒，只拿了杯当地产的矿泉水笑眯眯地一一应酬着。活动搞得圆满，晚宴气氛自然也很融洽，酒来酒去，现场高潮迭起。晚宴结束，东

最后的箫声

道主和宾客们,在微醉中握手道别。

分手道别时,归缨像明星一样,被东道主们热捧着,好不容易抽身去了次洗手间。归缨是个喜欢安静的姑娘,去洗手间,其实是想暂时躲避一下东道主的过度热情。谁知,她这么一躲,竟躲出了大事。当她返身来到大厅时,所有的车辆都已经离开,包括她坐的那辆考斯特。偌大的山庄,竟然走得一个人也不留,大厅的大门也被一条巨大的链条锁反锁着。这可是在前后没人家的大山里。归缨急了,忙打带班李副主任的电话。电话竟然关机。平时,归缨也没记其他同事的号码,这下惨了。她手机里有些家人和闺蜜的号码,但她不敢贸然打,她不想让家人着急,更不希望把自己眼下的窘境告诉别人,让人家有所猜想,以致弄得满城风雨。

山庄外的大山,静得怕人,黑乎乎的,竟没一点灯火。大厅里苍白的灯光下,只有归缨孤身一人。归缨开始胡思乱想。她并不担心自己会没地方睡觉,没地方吃饭,她是个随遇而安的人。她只担心,这灯红酒绿的晚宴后她突然消失在公众的视线里,在没有任何人为她作证的情况下,她会怎样被人家猜测。在谁都知道潜规则的背景下,纵然她有一万张嘴,她也将无法在别人面前解释:此时此刻,她究竟上了哪辆暧昧的小车。注意影响,这是父亲的告诫。想到这,归缨不禁打了个寒颤。其实,这么多领导、企业家的小车，她足以随便上任何一辆，她可以很私密地享受这种特权。也许，这正是大车把她"遗忘"的理由。想到这里，归缨想哭，然无济于事。

归缨环顾一下四周，大厅一边是一幅响山主景的山水屏风。过道里书报架上，叠放着好些响山的旅游景点、温泉、山庄、农家乐的图文资料，还有几本当地的乡土刊物《响山》。里面有文字不错的散文、诗歌、民间故事传说。

归缨稍做准备，以屏风为背景用手机给自己拍了一段视频。

"各位观众，大家晚上好！我是桐城电视台的归缨。现在是晚上九点三十八分，我在宁静舒心的响山天源山庄为您直播。响山，位于……"

视频贴在QQ空间，一会儿，朋友圈里有人点赞，说归缨的手机视频一点也不比电视画面差，很自然，给人亲和的感觉。归缨的声音很甜美。

归缨，又拍了一些图片，不多时，把图片发上了微信。归缨的图片，有文字解说，还有自己甜美的笑脸，很萌。朋友圈外的点赞，也来了：妹呀，响山太美了，妹更美！

归缨又拍了一段响山主景介绍视频、图片，配解说。介绍到细微处，还配诗。归缨有的是时间，足以很从容，很随意，很率性。发上QQ空间，叫好声也来了：明天就去响山，归妹妹，请在响

最后的箫声

山等我们。

随意的归缨，什么都拍，拍自己喝剩下的半瓶响山当地产的矿泉水，还有那喝水时万分陶醉的神态，更萌，甚至把矿泉水的矿物质含量表也拍上去了。

归缨不停地拍、不停地发布、不停地读着观众的点赞，玩得很开心，忘却了身处的困窘和尴尬。

第二天早上，当李副主任一脸愧疚出现时，她仍在拍呀、发呀，人很亢奋。她不知道，这一个晚上，她视频和图片的点击和转发，达到了惊人的数字。一夜间，她成了明星。响山，也在一夜间，响遍了大江南北。

该结束了。归缨拍最后一段视频，说，各位观众，我是归缨，谢谢大家的陪伴，再见！

放下手机，归缨哭了。

第四辑　小人大事

在大人的身边总围着一群小人。其实，大人与小人，是两个不同视觉世界。有些事，对于大人是小事，而对于小人却是天大的大事。大人也许只有俯下身子，才能洞察到小人的这些大事。

最后的爱

过了半晌，小雪坚定地说，我不愿意。下雪天，把我丢在石阶上，你们就是要把我冻死。

丁小雪，从小腿畸形。早些年，她爹为给她治腿，带着她跑了好几家大医院，后来在上海做了几次矫正手术，花了好多钱。原本还要做，只是小雪爹没钱，只能一年年拖着。

小雪爹没钱，他只是个捡破烂的老头，有一只手还残疾。

没钱的小雪爹，非常疼爱小雪。有好吃的总给她留着。冬天

最后的箫声

冷，小雪的残腿总是冰凉冰凉的没知觉。小雪爹既怕她的腿冻着，又怕她的腿烫着，总用自己厚实的大棉衣裹着，捂在自己的胸口。小雪读小学，都是她爹背着去的。她爹的手使不上劲，就让小雪吊着他的脖子，用布条勒着她的屁股。小雪慢慢长大了，她爹渐渐背不动她了。后来，有好心人送了小雪一辆崭新的轮椅。那轮椅真好，她爹能推，她也能自助行。小雪开始读中学，就用这辆轮椅上下学。镇上人常见，她爹开心地推着，小雪一路笑着。

只是，谁也没有料到，有天傍晚，小雪爹背着破烂回家路上，被一辆在非机动车道上逆行的工程车给刮了一下，倒在路边昏迷不醒。小雪爹后来被人发现，送到镇上医院，在医院躺了十来天，最后还是去了。小雪陪在爹的身边哭干了眼泪。肇事逃逸司机被抓后说，当时天黑，他隐约看见路边有一堆东西，没想到有人，就开车挤了过去。其实，那堆东西就是小雪爹背着的一大推的破烂。司机被逮，施工公司没法逃了，有人估算要陪七八十万。小雪一下子成为全镇人议论的中心。

有人出来认小雪了，有的说是小雪的堂伯、堂叔，还有的说是小雪的亲妈，那些人专门从其他地方赶来。小雪一下子懵了，她和爹在镇上苦苦地过日子的时候，一个亲眷都没有，听说她有好多钱了，亲眷都认上门了。大人们告诉小雪，她现在还不满18周岁，她一定得有个法定监护人。小雪整天哭着，喃喃地说，我

第四辑　小人大事

不要，我一个也不要！自称小雪亲妈的女人，把小雪告上法庭，申诉要求确定母女关系，进行亲子鉴定。

法庭上，小雪埋着头。当自称小雪的亲妈说完，法官问小雪。小雪只管哭。镇上司法助理跟小雪说，今天是让你说话的时候，你尽管说，你不说，过了这机会，你要后悔一辈子的。过了半晌，小雪坚定地说，我不愿意。下雪天，把我丢在石阶上，你们就是要把我冻死。当时你们为啥不认我这个亲女儿？自称小雪亲妈的女人哭着说，是你爹把你带出去说是看病的，我真的不知道哇。后来，你爹吃了官司。我就不知道他把你丢哪了，我一直在找你。小雪说，瞎说，我就在镇上，在所有的人的眼皮底下跟着我爹过着被人看不起的日子。说着，小雪哽咽了。自称小雪亲妈的女人说，我一直在外面打工。我一直在找你。我是你的亲妈呀！小雪又埋头不语了。

轮到镇上司法助理说话。助理说，小雪爹，在我们这里存了两份重要的文书，一份是领养小雪的领养证书，一份是领养时口述请人记录，同时得到公证的遗嘱。我读一下他的遗嘱。"遗嘱。立遗嘱人，某某某，身份证号码某某某。陈墩镇人。某年某月某日，雪中捡得腿残孤女一人，经政府同意领养。起名某小雪。本人名下有祖传旧屋三间，院落一个。本人百年后，旧屋院落传养女小雪所有。本人以捡破烂为生，

最后的箫声

小有积蓄。所有存单由小学李校长保管。银行密码，小雪领养日。积蓄全部留作小雪治腿用。小雪没有成人前，如本人生老病死遭遇不测。请远房本家镇敬老院黄院长，做小雪的法定监护人。立遗嘱人，某某某。签名。公证人，某某某，某某某。公证日期，某年某月某日。"

遗嘱读完，全场沉默。半晌，自称小雪亲妈的女人大喊，这不是真的，捡破烂老头不识字，写不出这样遗嘱的。司法助理说，这是小雪爹口述，请我们司法所的大学生代笔的，有他亲笔签名，我就在现场。自称小雪亲妈的女人开始撒赖，大闹法庭，结果被法官请出了法庭。

又过了一段时间，小雪终于得到了传说中的巨额赔偿金，也动了几次大手术，康复中的小雪现在就住在镇上的敬老院。

船过三号闸

小女孩爹娘从倪娟身边搂过孩子，泣不成声。然出乎所有人意料，小女孩哭着闹着不愿意跟爹娘走，竟跑过来紧紧抱住倪娟的腿。

第四辑　小人大事

　　三号闸，运河入长江最大最繁忙的河闸，几条主航道在此交汇后又直通长江。整日里，船来船往，汽笛轰鸣，大吨位船舶的巨大马力给船闸附近的土地带来了震颤，让人感受到大地动脉的搏动。

　　倪娟是船闸的安管员，她早已习惯了这里的忙碌和震颤。只是白天和夜晚的倒班，让她多少牵挂着家里十二岁的女儿。

　　这又是她的深晚班，闭闸放水的间隙，她回到了瞭望工作室。隔着玻璃，她发现内室休息床上的异样，一个小小的人，蜷缩在床上，酣睡着。她轻手轻脚地走近，看到了一个女孩，小小的个儿，头发蓬乱，脸蛋是那种久晒过的暗红。分明是一名大船上的小女孩。

　　倪娟没有惊醒小女孩，退出内室，用对讲机向值班班长报告。

　　第二天早上。小女孩早早地醒来，趴在窗口看大船，全然不顾身后的倪娟，一副老江湖的模样。

　　倪娟让小女孩吃着食堂里取来的馒头、茶叶蛋。小女孩如在家一般。

　　你叫啥？几岁啦？你爸叫啥？哪省的？倪娟一一问着。小女孩只顾吃，不接嘴。倪娟急了，眼看自己就要下班，这从天而降的陌生小女孩让她左右不是。

　　值班长用对讲机跟她说，你先带回家，问清情况，我们再想

最后的箫声

法联系她的家人。

倪娟只能服从，开车带小女孩回家。一路上，倪娟试图从小女孩嘴里了解一些有用的信息，然小女孩只是好奇地东看看西摸摸，全然不搭理倪娟的问话。

回到家，女儿一脸惊讶。然毕竟是五年级的学生，女儿听了妈妈悄悄跟她说的话，还是接纳了这位小小的不速之客，帮助妈妈给小女孩洗澡、找换洗衣裤，把小女孩打扮得漂漂亮亮。

这天，正好是周末，妈妈还在睡觉，女儿答应妈妈带新朋友玩。小女孩比女儿整整矮一个头，女儿俨然成了大姐姐。

睡梦中，传来熟悉的钢琴声，这是倪娟女儿每日的功课。从小的培养，她女儿已经拿到了十级证书。奇怪的是今天的钢琴声中，夹杂着随意的哼唱，声音很好听。倪娟起身，轻轻靠近客厅。女儿在练琴，小女孩一边在玩洋娃娃一边在哼唱。倪娟醉了，不由自主取了手机，录了一段又一段视频。

倪娟见小女孩跟女儿玩得挺好，便让女儿有意无意中问她一些问题。然小女孩对这很漠然，女儿花了好些心思还是不知道小女孩到底是谁。倪娟甚至在想，小女孩会不会是弱智。

晚上，女儿去钢琴老师家上课，倪娟带了小女孩一起去。倪娟想对小女孩的了解有所突破，便跟老师说，小女孩唱歌很好听。老师便问小女孩会唱啥。老师一一用钢琴试着。小女孩突然很随意地跟了上来，唱："酒干倘卖无，酒干倘卖无。"那清亮圆润的童音，一下子把倪娟惊呆了。幸亏，倪娟的手机一直在录像。

钢琴老师却不动声色，探问倪娟，你是让她俩参加这次的"最美童声"大赛？倪娟反问，行不？老师点点头，行，就唱《酒干倘卖无》。

老师问，这小女孩叫啥？

倪娟摇摇头，说，我不知道，真的不知道，她就像小天使一样突然出现在我们的生活里。

老师问，你几岁？

小女孩出乎意料地答，八岁。

老师说，那就叫"运河幺二零八组合"。

接下来的日程，倪娟排得满满的，上班、找人、陪参赛。上班时，倪娟专门把自己的微信二维码、手机号和寻人启事印在传单上，随船发放。下班时，倪娟反反复复想出各种法子，诱导小女孩说出自己的来历，然一直没有满意的结果。休息时，倪娟一次次陪俩人去钢琴老师处排练。欣喜的是初赛一举成功，"运河幺二零八组合"成功晋级十强。

倪娟把所有的手机视频，发入朋友圈。随着微信的转发传播，主动来加朋友圈的微信号越来越多，每日成倍递增。尤其那"运

最后的箫声

河幺二零八组合"《酒干倘卖无》初赛实录视频,点击率极高。微信跟帖、电话、手机短信、微信视频通话、留言,如潮水般涌来,让倪娟应接不暇。值班长专门给倪娟调整了工作时间,让她集中精力争取尽早与小女孩的家长取得联系。

遇见小女孩的第五天,倪娟在如潮的电话里,接到了一个陌生的电话。对方局促、结巴的哭声,让倪娟的心一下子揪了起来。

倪娟很镇定,说,我是发微信的倪娟,请说。

对方哭诉,断断续续地说,孩子是我们的,姓邢,也叫小娟。八岁了。她唱《酒干倘卖无》,是跟船上的卡拉 OK 学的。我们现在在武汉。我们夫妻俩带着孩子跟船帮老板打工。丢了孩子,我老婆快要疯了。谢谢恩人,谢谢恩人!

又五天,小女孩爹娘跟着打工的大船回来了。小女孩爹娘从倪娟身边搂过孩子,泣不成声。然出乎所有人意料,小女孩哭着闹着不愿意跟爹娘走,竟跑过来紧紧抱住倪娟的腿。

倪娟看着心疼,说,孩子都八岁了,你们就不想让她好好读书?孩子这么好的嗓音天赋,真的太可惜了。

小女孩的爹一脸无奈,言语间躲闪着,说,一个小丫头,放老家也实在让人放心不下呀。

倪娟觉得小女孩抱自己的腿抱得更紧了,突然一种莫名的冲动让她眼睛湿了。倪娟想了想,说,这样吧,你们让孩子再在我这里玩几天，等你们这趟船回来时，再跟你们回去，行不？

小女孩的爹娘无奈地点点头，迟疑着上船去了。

小女孩再度随下班的倪娟回家。一路上，小女孩反反复复唱着《世上只有妈妈好》，那优美的歌声，让倪娟一次又一次陶醉。

臭　蛋

小雨，常被小伙伴唤作"臭蛋"。

他个儿小，说话结巴，在学校里功课又差，有时竟差到得"大鸭蛋"，常挨老师的斥责和小伙伴们的讥笑。

小雨因小伙伴们老唤他"臭蛋"而不满。

小伙伴们常常唤他"臭蛋"，几乎忘了他的名字。

为此，小雨常常觉得心里郁闷。心里郁闷的小雨又常常为自己的愚钝而暗自伤心。

那些日子里，小雨跟着小伙伴们在家属大院里挖防空洞。有一天，挖着挖着，小雨挖着一个锈蚀斑驳的铁疙瘩。

小雨神秘兮兮地说："这……这是……炸弹。"

小伙伴们都学他："这……这是……臭蛋。"

小雨不服气，说："这……这炸弹……能……能炸。"

最后的箫声

小伙伴们嘲讽他:"炸……炸个鸡……鸡……鸡巴。"

不服气的小雨定要把那铁疙瘩弄炸。在大院厕所边的一个角落里,他决定摔响那个铁疙瘩。伙伴都笑话他,说:"臭蛋一个,干脆丢茅坑里算了。"

小雨遭人讥笑,愈发想把铁疙瘩弄炸。

他躲在洗衣台后边,用劲朝厕所角落的墙上摔。可铁疙瘩摔出去老半天就是没任何声响。众小伙伴都笑了,都说:"这臭蛋,真臭!"

小雨还是不服气,他相信,这铁疙瘩就是一颗炸弹,一颗能像《地雷战》里的地雷一样爆炸的炸弹。

第二天,小雨又跟小伙伴们说:"我……我……一定炸……炸响。"

小伙伴们开始跟他打赌。小雨便跟他们赌。赌什么?小雨无所谓,其实他只是赌一股子气。小雨非要让小伙伴们知道:那绝对不是臭弹!

于是又摔,又没响。"

小伙伴们又笑了。

第三天,小雨说:"我……我……一定炸……炸响。"

有个小伙伴激他:"你个臭蛋,臭人臭手,真炸弹也会被你弄臭的。

第四辑 小人大事

于是，小雨又摔了。

这回，这铁疙瘩径自撞在厕所边的一块大青石上，竟然在每个人都毫无防备的情况下轰然炸响，那巨响，惊天动地震得大地也在剧烈地颤动，随着那声巨响，厕所的一大半墙体"哗"一下全塌了。小伙伴们一片惊叫，有人竟尿湿了裤裆。

几乎就在同时，英雄一般的小雨，猛然间惊喜地跳起来，然炸起来的砖石片无情地击中他乱舞的手臂。

小雨倒在了血泊之中。

小伙伴们一个个吓呆了，一片惨叫。

当截了一条手臂的小雨在医院里醒过来时，小雨的妈妈泪流满面地跟他说："小雨啊，你看你有多傻啊！"

小雨却瞪着大眼说："谁……谁还敢……叫……叫我……臭蛋？！"

最后的箫声

李滨小心把玉箫放回原处，说，我也有这样一支玉箫，是我考取音乐学院时，我爹送给我的礼物。据说那些钱能买一辆轿车。

最后的箫声

李滨翻围墙跌进一处别墅花园的时候，几乎一下子摔晕了过去，腿部的伤口又一次裂开，淌着血，伴着激烈的疼痛。李滨强忍着，蜷缩在院子里丛生的杂草中。半响，李滨从斜乜的眼光中，看见一个体态高大却佝偻的老妇人推开门，朝院中张望，手中的电筒光划动着，从他的头顶上划来划去。灯光把老妇人定格在门框里，像一张疲软的弓。李滨屏声息气。老妇人回房，缓慢地从一间房走到另一间房，电灯随着老妇人的走动依次打开和关灭。李滨暗自庆幸，偌大的别墅里，除了老妇人，没有其他人。他躺在荒废的花坛边养精蓄锐。一直到后半夜，李滨才起身，从一处离妇人关灯较远的窗户进入房屋。感应小夜灯微弱的灯光，突然闪亮，把李滨吓了一跳，李滨定睛瞧，发现那是一间年轻人的房间，邓丽君图片、老式吉他、四喇叭录放机，似乎定格在某个遥远的岁月。他轻而易举地在床头找到了一瓶打开过的白酒。李滨知道白酒能够为自己的伤口消毒，遏制伤口的化脓腐烂。然白酒浇到伤口的时候，他忍不住痛苦地叫了一声，咬着牙呻吟着在地上抽搐。

叫声惊动了老妇人，房间里的电灯一下子被打开，刺得李滨睁不开眼。近距离看，老妇人更老，两眼无神，满头稀疏凌乱的白发。你是谁？老妇人冷冷地问。我受伤了，你能帮帮我吗？李滨说，神情很痛苦，腿上的血淌在地毯上。

第四辑 小人大事

老妇人迟疑半晌,退出房间。李滨想逃离房间,然疼痛让他放弃瞬间的想法。过了一会,老妇人折回房间,手里拿着纱布药水。老妇人小心翼翼地为李滨清洗伤口,消毒、敷药、包扎。还疼不?老妇人问。李滨说,好点了,你能给我弄点吃的么?我已经饿了好些天了。老妇人又退出房间,再次折回时,已经取了一些吃的,有饼干、香肠、酸奶和皮蛋。李滨左右手拿着,不停地朝嘴里塞,狼吞虎咽。一会,吃饱了,打着嗝。

李滨半躺在地毯上,喊了声"奶奶"。

老妇人木木地说,你不要叫我奶奶,我还没有那么老。

那我叫你"阿姨",李滨问,阿姨,这是你儿子的房间?

嗯。老妇人点点头。

他好像好久没有回来了?李滨说出自己心里的猜疑。

他出远门了。

李滨随手拿了支箫,想说啥,老妇人突然一阵紧张,说,别动,你放着。李滨仔细一看,手里竟是一支成色非常好的玉箫。李滨小心地把玉箫放回原处,说,我也有这样一支玉箫,是我考取音乐学院时,我爹送给我的礼物。据说那些钱能买一辆轿车。

是的,那是他爹送的。阿姨说,目光中似乎闪着一缕异样的光芒。

我爹也很有钱,李滨说。我爹原来是个医生,中专毕业后做

最后的箫声

了乡村医生。他不想做乡村医生，开了家医药公司，赚了很多钱，把家搬到了城里。他小时候，有一个梦，想读大学，他非常喜欢音乐。我爹说，小时候，他爹没钱，钓黄鳝卖钱供他上学。我爹赚了钱，他说不会让我像他小时候一样憋屈。我三岁时，我爹送我到沪上最好的音乐教授那里上课。我十五岁的时候，我爹花钱给我开了一个像模像样的音乐会。

他爹是开大轮船的，阿姨说。他也跟你爹一样，愿意在儿子身上花钱，为了儿子能够出人头地，他一点也不吝惜钱财。

我不喜欢爹用钱为我铺的路。李滨说，但是，我还是考取了他最喜欢的那所音乐学院。

我儿子也很出色。阿姨说，在他那个年龄该得的奖几乎全部得到了。其实，我儿子也不喜欢他爹让他这样，很叛逆。

我让我爹失望了。李滨说，我闯了祸，天大的祸。我知道我做的事让我爹很难过，我成了全家的"杯具"。

我儿子也闯了大祸。阿姨说，闯了大祸，他还不醒悟，满世界地逃亡。他爹没办法，只能满世界地去找他，结果在一处断崖边出了车祸，永远地去了。一句话也没有给我留下。

不好意思，我问下，阿姨，你儿子现在怎样了？李滨问。

怎样了，我不知道。阿姨说。我也懒得知道，我原本一直想儿子，结果住了二十多年精神病院。现在我不想了，医生说了，没病了，可以回家了。

李滨说，阿姨，你让我一个人在房间里打几个电话，行不？

阿姨退出了房间。李滨拨通了家里的电话，电话里传来娘的声音，嘶哑、苍老，显得有些陌生，李滨没有说一句话，默默地挂了。接着，李滨拨了一个短号：110。

半晌，李滨艰难地走进客厅，手里小心地拿着那支玉箫，见阿姨坐在客厅里怔怔地发呆，征询地说，阿姨，临走前，我能够为您吹一支我自己写的箫曲不？

阿姨木木地点点头。

李滨吹着吹着，阿姨哭了。

最后，李滨是警车带走的。据说，警车是循着小区里凌晨时低沉、凄婉的箫声，找到了逃亡中的李滨。

学走路

儿子问，妈妈，你的腿到哪里去了？黎丽说，它不听妈妈的话，自己走丢了。重生又问，那爸爸是去找你的腿了，是吧？

黎丽一直不敢回想那个不堪回首的风雪除夕夜，开小车回老

最后的箫声

家过年本已是他们无奈的选择，怎料想，当疲惫的他们已经见到自己村头的灯光时，小车却被一辆失控的从山坡上冲下来的拖拉机撞下山坡。随着小车不停地翻滚，黎丽顿觉天昏地暗，而当她在急救病床上迷迷糊糊醒来的时候，天确实真的塌了下来：丈夫和她自己的左腿已经永远地离她而去了。

弱弱的她只能弱弱地问一声医生：我肚子里的还在么？看着如此虚弱的黎丽，医生也只能说，我们尽力吧。

遍体鳞伤的黎丽最终让自己坚持着活了下来，她在医院里躺了整整三个月。医生终于肯定地对她说：你肚子里的小宝贝保住了。

坐着轮椅，挺着渐渐大起来的肚子，黎丽重新回到了先前创业的鹿城，硬着头皮独自打理起丈夫撂下的一个不大不小的摊子。黎丽的肚子一天天鼓起来，公司却整天有她忙不完的事。就在黎丽觉得实在支撑不下去的时候，孩子降生了，那是一个有着两条肉嘟嘟美腿的小男孩，像一个小天使，赐给了处在绝望边缘的她。黎丽给儿子取名重生。久久地看着儿子乱蹬的双腿，心化了。

没有左腿的黎丽，只能坐着轮椅，两头忙碌，儿子、公司，哪一头都不敢有一丝疏忽。

儿子一天天长大，黎丽有些着急，她觉得其他同月龄的孩子大多会走路了，而她的孩子还不会走路，他只会围着她的轮椅爬行。黎丽知道，要让儿子跟其他孩子一样学会走路，只有她自己先丢掉轮椅，学会走路。

黎丽去了上海最大的义肢公司，为自己定制了一条义肢。只是20多斤重的义肢装上了，要顺利走路并没有黎丽想象的那样简单，残肢与义肢摩擦的地方是她连着心的还没有长结实的皮肉，站起来稍一用力，便钻心的疼痛。咬着牙，黎丽让自己站着，即使挪不动步子，她也要让自己坚持站着、挪着。没多时，残肢上的皮肉绽开了，血肉模糊。抹了消炎药膏，她还站着、还挪着。站了整整一个月，皮肉烂了，又长了新的。新的皮肉渐渐地成了痂、又成了茧，先是薄薄的，后来渐渐地加厚。扶着墙，黎丽从头开始学走路，一次次几乎摔倒，然她却忍着剧烈的疼痛，坚持着。

黎丽丢了轮椅，儿子也渐渐习惯不再在地上爬行。一个月后，站立的黎丽，已经能够腾出一手，把儿子从地上拉起来，拉着他让他站立，拉着他让他学挪步。终于有一天，儿子在自己的不知不觉中放开了拉着黎丽的手，自己挪了几步。黎丽惊喜万分：儿子竟然会自己挪步了。儿子会挪步，进步很快，黎丽又跟不上儿子了。为跟上儿子，儿子睡觉了，黎丽不睡，她一次次逼自己，儿子能挪几步，她一定要在儿子睡觉醒来时也能够挪成，然站得

最后的箫声

久了,即使有了老茧,皮肉上也磨出了鲜血,钻心地疼。

只是儿子走路愈来愈老练,蹒跚着已经能够从这一垛墙走到另一垛墙边,黎丽却无法做到,即使她非常努力,也只能挪几步,中间还得放张桌子扶一下,接一下力。

儿子终于能够很随意地走路了,黎丽做不到。然有儿子做榜样,黎丽努力着。

一年后,黎丽也终于能够自己走路了,她不再用原先的轮椅。在屋子里,她慢慢地走动。出了门,她就走向小车开着去公司、去超市。只是,她一直跟不上儿子。有一回,儿子拉着她的手,跟她说,妈妈,我们来跑步比赛吧。黎丽犹豫了一下,兴致勃勃地响应儿子。儿子跑起来,一扭一扭的,一下子就把她拉下了。黎丽努力着,尽力跑动起来。一会儿,儿子带着笑声跑到了目的地。黎丽却还在艰难地跑着。儿子欣喜万分,高喊:妈妈,我第一名了。

妈妈跑着,开心地笑着。只是那天,黎丽接触义肢的皮肉又打磨开了,然黎丽觉得心里暖暖的。儿子不仅学会了走路,还会跑了。

儿子重生一天天长大,已经到了认字画画的年龄,特别乖巧。

有一回半夜里,黎丽被儿子的声响惊醒。儿子惊讶而恐惧地看着缺了一条腿的黎丽和奇怪的假腿。

黎丽问,重生,你怎么啦?

儿子问，妈妈，你的腿到哪里去了？

黎丽说，它不听妈妈的话，自己走丢了。

重生又问，那爸爸是去找你的腿了，是吧？

黎丽一下子心酸酸的，眼泪强噙着，点点头。

重申很天真地说，我知道了，等我长大了，我去把爸爸和你的腿找回来。

黎丽一下子抱住儿子，眼泪涌了出来。

自此，每天傍晚时，儿子总拉着黎丽在小区的人行道上走一圈，一边走一边小心地帮黎丽看着路，小心翼翼的样子。有时有人问，重生就告诉人家，我在帮妈妈学走路呢。

又一年，黎丽生日，儿子神秘兮兮地说要送给妈妈一个礼物。

第二天一早，黎丽醒来时，只见儿子把她的义肢擦得干干净净，上面有他用彩色水笔画的花，还写着一行字：妈妈爱我，我爱妈妈的 jia tui。

特殊学生

柳青青挺伤心地说，我家狗丢了，没狗陪着，我不敢去上学。

开学时，教导处高老师领来一位脸色黝黑的小个子女生，说，

最后的箫声

她叫柳青青,钱镇长专门关照让进来的,就放在你班上。

我有些不快,临中考了,还朝我班里塞学生,这让我咋弄呢?看那小女生,怯怯的,沉默寡言,老是皱着眉,不像是个出类拔萃的学生。我有意推托,尤其见她身后一条黄毛大狗,更想寻找种种推托的理由。其实,那大狗倒是一条好狗,很精神,骨架大,毛色亮,就是有点瘦,看着我们说话,两耳微微耸着,左右看人,显得很机灵。我说,带着这么一条大狗,怎么上课呢?女生听我说话生硬,急得要哭了。高老师把我拉一边说,本来就是一个特殊的学生,你先收着,校长都已经答应了,不收也不行。

我无奈,只能把小女生领进教室,让她坐头一排。那大狗像回家一样径直进了教室,课堂上顿时都是诧异的目光。我让她把狗拦门外,她憋不住又要哭了。我无语。那狗倒也挺乖,趴在小女生脚下,半睁着眼,一节课下来一动也不动。

其实,柳青青上课倒是非常专心的,脚下的狗也非常安静。只有铃响时,那大狗才把耳朵警觉地竖起来。柳青青起身,它便一下子精神起来,跟着柳青青寸步不离。

校园里,蓦然多了一条大狗,顿时多了一些怪异的气氛。谁都知道这大狗不会咬人,然谁也不敢贸然冒犯它。有任课老师,进课堂时突然发现那大狗,惊吓不小,见我就嚷嚷。我答应,让刘青青不带狗来学校,但只能试试,人家是有来头的。

第四辑 小人大事

第二天，我进教室，那大狗仍安静地趴着。我说，柳青青，你不是答应我的么？柳青青终于忍不住流出了眼泪，轻声说，它偏要跟我，赶不走呀。

我只能跟高老师说，高老师就一位位任课老师做说服工作，说这位是钱镇长专门安排进来的，大狗也是钱镇长送的。言下之意，你们多少还得买些人家大镇长的面子呀。还好，柳青青的功课蛮好，这让任课老师后来一个个接纳了柳青青和她的大狗。这样，每天总能见到一条大狗伴着一个小个的女生，早早地走进校园，很晚走出校园。

离中考还有半月，柳青青突然几天没来上课，我急了，赶去家访。银泾村，那是个渔业村。柳青青家，家徒四壁，也不像是和钱镇长沾亲带故的体面人家。在柳家，我见到了正在埋头做功课的柳青青。我问，你怎么好几天没来上学呀？柳青青挺伤心地说，我家狗丢了，没狗陪着，我不敢去上学。我问，狗在哪丢的？柳青青说，在学校门外。

我回镇后，到派出所报了案。所长说，我们人手不够，找狗的事，我们实在无能为力。我说，这狗，是钱镇长送我学生的。没有狗，这个小女生就没法到学校，眼看就要中考了。所长听了，顿顿，还是让手下调看了学校附近的监控，知道大狗是被人麻针麻晕了偷走的。所长带人冲进盗狗贼的老巢，很庆幸，那大狗还活着。

中考，柳青青发挥得挺好。多年的自修，使得她比其他同学多了很多解决实际问题的能力。中考成绩公布，全校震动。柳青青考取了市里的重点中学。

我送录取通知书，又去了柳青青的家，见到了她爹，一个老实巴交的渔民。我这才知道，她三岁时，娘得病去了。她爹常年在外帮人家看鱼塘，不放心她，一直把她带在船上，断断续续读书、辍学，已好几个轮回了。钱镇长去村里蹲点调研，见她特别爱读书，老是一个人在船上自学初中功课，就劝她爹让她再回学校。但她爹说，一个小女孩，每天得来回七八里，同村又没有一个伴同出同进。钱镇长听了，没说啥，回镇后托在公安局警犬中队的战友为她专门物色了一条公安上淘汰下来的大狗，送她，伴她读书。

六个心愿

多多想了想说，我要你们答应我六件事、六个心愿。多多爸妈连声说，六十个、六百个，我们也答应。

邱多多从小天资聪颖、活泼好动。邱多多五岁时，爸妈离异。

第四辑 小人大事

邱多多随了妈。爸有了新家，忙着上班。妈一直处在热恋或者失恋当中，人也一会儿上海一会儿南京，总在漂泊中。邱多多跟外公外婆过日子，邱多多真的成了多多。

其实，外公外婆忒疼爱多多，百般呵护。就是多多忒任性、爱玩游戏、爱结交狐朋狗友、爱闯祸、爱惹事，时不时还玩几天失联。邱多多是个永不消停的人，他爸最怕的是有人找上单位说多多的事，有时是多多的朋友，逼他爸还钱。几十几百，他爸自然不在乎。可一逼就是两万三万，他爸常常为这事险些双脚跳，你说你个初中生，在外好好地玩，哪会有那么多的外债？逼急了，他爸只能报警。有时是多多的老师找上单位，说多多已经旷课好多天了。他爸只能给他妈他外公外婆的电话，老师总是很无奈，说，都找过了，不顶事，才来找你的。他爸一脸的无奈，说，我现在能说他啥呢？我就是到哪能够找他也不知道。有时，警察找上单位，告诉他儿子打群架被关起来了，需要他担保。这事，他爸就没法推了，上班时众目睽睽之下坐着警车出大院，一副灰溜溜、颜面扫地的窘态。

还有一个月，邱多多就要初三毕业了。一天，班主任老师突然打电话找多多爸。多多爸小心捂着手机，轻声说，老师，我在开会，待会我打过来行不？老师说，你不要挂，你儿子出大事了，你得马上来。多多爸一惊，问，啥大事？老师急急说，邱多多，

最后的箫声

120拉医院去了，你得快去！多多爸一听，腿一下子瘫软了，问了医院，请同事开车赶了过去。邱多多正在抢救，心脏出了大问题。一直到深夜，邱多多终于缓过来了，被送入重症监护室。主治医生说，孩子需要进一步手术治疗。多多外婆与多多妈妈，早已哭得几乎晕厥过去。多多外公说，就是卖房子也要给孩子请最好的医生。

手术在计划中进行。邱多多脱离了危险期。孩子大了，有主见了，多多的爸妈，准备给孩子摊牌，告诉他将进行怎样的手术治疗。邱多多一听，马上反对，说，我不做手术，我坚决不做手术。所有的人劝他，他都犟着，且说了一句狠话，你们假如偏要给我动手术，我就永远不理你们，永远不回你们的家了。

多多妈哭着求多多，都是妈不好，没有好好照顾你。只要你同意，以后不管你提啥要求，我都会满足你。多多爸也这样说。多多想了想说，我要你们答应我六件事、六个心愿。多多爸妈连声说，六十个、六百个，我们也答应。多多说了几件，多多爸妈松了口气，说，我们全答应。

手术，请的是上海最有名的心脏外科专家，手术很成功。半年后，邱多多恢复得很好，复读初三。复读初三后，邱多多好像换了一个人似的，不再跟狐朋狗友们玩了。期中考试后，班主任老师电话通知多多妈参加家长会。多多妈去了，这是她

第四辑　小人大事

答应儿子的第一个心愿。之前，她从来没有参加过家长会，都是外公外婆代劳的。这次会上，班主任老师当着所有家长的面，表扬了邱多多。虽说休学好长时间，邱多多竟然考了全班第一，年级第四。儿子长了脸，多多妈满脸神采飞扬。回家路上，多多妈忒兴奋，抑制不住内心喜悦，跟多多说，儿子呀，你难道就是人家传说的学霸呀？多多很平静，说，谁让我是留级生么！半路上，经过凯尔广场，多多妈陪多多坐了旋转木马。这是她答应儿子的第二个心愿。多多妈很开心，说，我小时候常坐。这是我的最爱。多多淡淡地说，我是第一次坐。坐了木马，多多和妈没有回家，走进了热闹的赞赞香美食一条街。多多站在第一家铺面说，我们从头一家吃到尾。这是多多妈答应儿子的第三个心愿。多多妈陶钱，多多说，我有。掏出一大把红红绿绿的纸票。多多妈满脸疑惑，你哪来那么多钱？多多说，钱不是问题，外公外婆给的，我那些铁哥铁妹们，谁兜里没几个钱？多多妈用陌生的眼神看着多多，一路吃着。烤的、煎的、炸的、煮的、烩的、焖的，咸的、酸的、辣的、麻的、香的、臭的，热的、冰的、荤的、蔬的，海里的、河里的、山上的、田里的、天上的、地下的，一路吃过来，直吃得多多妈满嘴五味俱全、发际热汗直冒，连说，儿子呀，没想到你还是个资深的吃货呀！多多只浅笑一下。

最后的箫声

到了放假，多多爸请了年假。第一晚，多多爸与多多对打了整整一晚的游戏，最后以多多爸的惨败告终。第二天，多多爸陪多多睡了整整一天一宿。第三天，多多爸开着自己的车一路朝北，多多蜷在副驾驶座位上打盹。多多爸不知如何跟儿子说话，两人一个驾车一人打盹，行车一周三千多公里，一直到了漠河，坐在国境线边看着日落日生发呆。回来，多多话多了起来，多多爸也知道怎么跟多多说话了。到家，又是三千多公里。到家时，多多已经把自己的老爸称"老哥们"了，说，我还有最后一个心愿，先保密。

第五辑　官场旁记

> 有一个场合，叫官场。这是一个严肃的去处。在官场上，我只是一个冷静的旁观者，往往以平常人的心，把几十年来看到听到的人与事，聊聊记上几笔，绝对不供娱乐，也许肤浅，然不有意扭曲。

执行公务

李渊站起，喃喃着，惭愧，非常惭愧，老师无颜面对学生呀。宋诵知道，自己已经不需要再说什么了。

零时，宋诵不紧不慢地敲着鱼尾狮别墅小区内李渊家的大门，并不重的敲门声却在偌大而宁静的小区里似乎被莫名地放大，声声如鼓，惊人心魄。

李渊小心地把沉重的大门虚开一半，门后传出巨犬令人生畏的狂吠。昏黄的灯影里，宋诵和宋诵身后两个陌生的男子，使李

最后的箫声

渊的神情稍稍有些异样，然瞬间又恢复了平时公开场合中所惯有的热情、随和中略带的威严神态。唷，宋诵呀，难得，家里请，请。

宋诵和俩男子进了院子。院子并不奢华，反倒像农村院落一样种了一些瓜果、蔬菜和花草，显得温馨又随和。

李渊把宋诵他们让进客厅，宋诵在沙发上落座。宽大的真皮沙发有点霸气，宋诵落坐时，略显僵直。而俩男人却远远站着，面无表情。

李渊沏茶，歉意道，家里人都出远门了，就喝点茶吧。宋诵知道，李渊所说的远门其实真的很远，他们家几乎所有的人都办了别国的绿卡。

宋诵有点惶恐地接过李渊端过来的茶盅，说，老师，您坐，我自己来。宋诵是李渊以前的学生。十几年前，宋诵读高中时，李渊是宋诵的班主任，一直从高一带他到高中毕业。宋诵政法大学的高考第一志愿，还是李渊帮助填的。宋诵大学毕业后考政法研究生也是在李渊极力鼓励下报考的。宋诵现在是市纪委审理室主任，负责全市领导干部违法乱纪行为的初步审理。其实，李渊自从带了宋诵那批学生在一场高考中名声大振以后，好运连连，从副教导主任、教导主任、副校长、校长、副局长，到局长，一步步走上辉煌的仕途。宋诵也清楚，前一段时间，上一级组织部门曾对他进行了一次分管副市长人选的考察，所有的考察资料他都仔细参阅过。问题是他是个"裸官"。

宋诵呷了口茶,似乎缓了一下突然而至的尴尬气氛。

李渊发了一圈烟,让了让,自己点燃,吸了一口,也似乎从内心的不安中渐渐恢复过来。

老师,宋诵说。有一件事,十几年了,我一直瞒着您。我刚进您班的时候,其实,我犯了一次很大的错。那年,我妈跟我爹闹离婚,我妈跟着人家很绝情地走了。每个月,我妈只给我很少的一些生活费。后来,我爹赌博挪用公款最终败露,被判了刑。疼爱我的爷爷气得生病死了。那年暑期后开学,我没有钱交学费,开学一个星期了,我还没有交上学费。但是我非常喜欢读书,我不愿意放弃好不容易考上的学籍。走投无路之际,我突然想起爷爷生前藏有一些钱,爷爷死后,都被大伯大婶卷走了。我想,爷爷的钱,我理该有份。我偷配了堂哥的钥匙,在大伯家没人的时候,小心闯入,把爷爷的钱偷了出来带到了学校。但当我犹豫着要不要把这钱交学费的时候,您突然把我叫到办公室,告诉我,我家庭的特殊情况,老师知道了,现在通过老师做工作,有社会上热心助学的人,帮我交了学费,您告诉我以后只要安心读好书就是了。后来,我暗地里打听才知道,是您自己给我交了学费,一交交了整整三年。也就是

最后的箫声

那回,我险些败露。我大伯家丢了不小的一笔钱,他们发现后报了警。警察上门破案,把所有可疑的地方都查遍了,险些把我牵出来。我吓得半死,最后情急之中,想了一个急办法,让大伯家的狗把钱叼回家。大伯发现了钱,点了点,发现没少,就跟警察说不想再追究了。而大婶似乎比谁都明白,缠着警察不依不饶,非要把这丑事闹个底朝天。

李渊又点了一支烟,很平静地说,这事,我知道。其实,我也一直瞒着你,您大伯来找过我好多次。

宋诵说,老师,您是我的恩师,从我做了您的学生以后,您对我,胜过我父亲。我一直记得高二那年我到南京去领奖,人家都是家长陪的,只有我是您陪的。那夜正是中秋,您为我精心挑了六只月饼。我偷偷地在被窝里就着眼泪吃月饼。那是我一辈子都不会忘的最好吃的美食。

说着,宋诵站起来,站在李渊的跟前,恭恭敬敬地鞠了一躬,说,谢谢您,我的恩师。因为有您,我才有今天。说着,宋诵流泪了。

李渊站起,喃喃着,惭愧,非常惭愧,老师无颜面对学生呀。

宋诵知道,自己已经不需要再说什么了。执行眼前的任务,对他来说既是一项神圣的使命,又是一场内心的煎熬。宋诵曾向组织申请回避,然市纪委班子对宋诵在李渊经济案前期调查时所表现出的公正无私态度,给了高度的评价,否定了他的申请。

沉默半响,李渊说,宋诵,我不为难你,跟你走。

宋诵擦一下泪,示意手下带走李渊。

两个倔老头

老姜头在我倔爹那里吃了闷棍,竟跑到我们学校,盯着我们兄弟俩,不准我们跟他俩女儿说话。

我爹和老姜伯,早年在一个局机关共事。在局机关里,两人是出了名的倔性子。因为倔,得罪了好多人。因为得罪了好多人,在原来的局机关再也待不下去了,到了1969年,机关安排人员下发农村时,我爹和老姜伯排在名单的第一第二。我爹被安排去陈墩镇的金泾村,离县城80多里。老姜伯的去处却迟迟没定。老姜伯一反往日的倔,来我家跟我爹相商,说愿和我们同去陈墩镇。我爹没啥好说,反正有个伴,到了乡下也好有个照应。没几天,老姜伯家被安排去陈墩镇的银泾村。

其实,我们两家相邻已十多年,知根知底。我爹是48年参军,1949年参加渡江战役。老姜伯1947年参军,1949年渡江,然老

最后的箫声

姜伯不敢在我爹面前摆谱，他是早年被国民党部队抓的壮丁，被俘后，投诚过来的。我们弟兄俩和姜家的姐妹俩又是从幼儿园一起长大的同学。到了乡下，又在一起读中学。

到了乡下，老姜伯常过来跟我爹喝酒。我们兄弟姐妹也亲如一家。尤其我哥，常护着我们，人生地不熟的也没人敢欺负我们。老姜伯喜欢我哥，有时把我哥唤过去，晚了，跟他睡一张床，让我哥捂脚。处久了，老姜伯跟我爹说，把老大给我做儿子吧。我爹将他，你别得寸进尺，想得太美了，你就是用两个丫头换，我也不会答应你。老姜伯一激也跳起来，回击我爹，你别遭骂！

过了几年，我爹和老姜伯在陈墩镇上都有了新的工作。我爹是镇粮食专管员，负责每年的粮食分配，老姜伯是镇民政助理，负责结婚登记啥的。到了秋后，每个村都做了粮食分配方案到我爹手里审批。我爹很倔，审批粮食方案尤其认真，丁是丁卯是卯，不管是谁打招呼，违规的事，我爹绝对不同意。那天，老姜伯憋着性子来我家，跟我爹说，他们村里，有意跟他家过不去，把他们家的粮食分配数额压低了，让我爹给调上去。我爹答应给他留意着好好看看。第二日，银泾村便来我爹处审批粮食分配方案。我爹仔仔细细看了，没觉得他们村里有意把他们家的粮食分配数额压低了。银泾村的粮食分配方案就这样很快批下去了。

> 第五辑 官场旁记

当晚,老姜得讯后便来我家跟我爹论理,气势汹汹,吵得鸡飞狗叫,半个村老老少少都来看热闹。吵到临了,老姜伯摔下一句狠话,说,你无情别怪我无义,我们两家自此一刀两断,你们家俩小子,不准来我们家。我爹也不让步,反将他,你老姜头不要搞错了,是你们家俩丫头有事没事老往我家跑!

老姜头在我倔爹那里吃了闷棍,竟跑到我们学校,盯着我们兄弟俩,不准我们跟他俩女儿说话。有一回,我哥和她大丫头放学后一起回村,其实一起走的有十来个同学,他俩也没靠得很近,被老姜头撞见了。老姜头冲我哥吼,你小子再跟我闺女在一起,我打折你的腿。闹得我哥一脸通红。自此后,我哥在学校里老是被人指指点点,同学们老拿老姜家的大丫头羞我哥。我哥性子刚烈,心里憋屈没处发泄,正好有同学惹他,被我哥一拳打断了鼻梁骨。我哥因此被学校除名。我爹急了,低声下气地去跟校长求情,校长根本不买我爹的帐。结果我爹跟校长大吵一场。最气人的是老姜头还来我家跟我爹论理,说你家老大打人跟我家丫头一点也没关系。我爹恼了,谁说跟你家丫头有关系呢?老姜头说班主任找他丫头谈话呢。我爹火了,说你家丫头谈话上我家来干吗?吵到性起,我爹便拍桌子,结果把自己的手指都拍断了。不是我爹拍断手指,这老姜头还要跟我爹吵下去。为这事,我哥没书读了,只能跟我舅舅去学木匠。

最后的箫声

几年后，我爹和老姜头重新回到了原先的局机关，享受正处级待遇，做些有名无实的虚事。老爹把倔劲花在带徒弟身上，老姜头却倔遍了全机关。一点鸡毛蒜皮的小事，今天跟局长闹，明天跟科长闹，就是看门的他也隔天骂一回。其实，老姜头闹得有理有据，他眼睛里揉不了沙子。就说门卫吧，一家老少喝水、洗衣、洗头、洗澡全靠着单位的水龙头和煤球炉，下班了还要带几瓶热水回家，他看不过去。

老姜头还跟自己倔，脑袋里留着当年的子弹，常常头晕头疼，发作时，人一下子昏厥过去，然局长让他去住院手术，他不光不领情，反说局长是嫌他碍眼。气得局长半年不跟他说一句话。

到了1990年冬，老姜头突然昏厥过去，被120送到医院抢救，住了半年医院，病情恶化。老姜头也知道自己在世的日子不多了，让人传出话来，想请单位里的领导和同事去看看他，他临走前有话要说。

话传出多日，竟没有人去看他，就是以前跟他老姜头铁哥们一样的老邱头也说，人都要死了，看啥看的。医生病危通知签出来的那天，我爹说要去看老姜头。我妈不乐意了，说人家这么多年跟你闹得脸红耳赤的，人家都不去，你去干吗？我爹也倔，说人家是人家的事，我是我的事。我爹去了。

弥留之际的老姜头，说话气很弱，说，我这辈子把所有的人都得罪完了,请你帮我转言,说我对不起大家。我下辈子一定换个脾气做人。我爹说,算了吧,你下辈子还是这倔劲,我知道。

我爹在他床前守了三天三夜,老姜头最后弱弱地说,其实,你比我还倔。说完安详地合上了眼。

新官上任"三把火"

出了"水乡天堂",一阵清新的凉风吹来,施原的心又回到了原点。施原知道,这是他被烧的"第三把火"。

施原上新任,从市公安局副局长兼城区分局长升任市城管局新局长。

上任第一天,施原才在新办公室坐下,打开电脑,进入本市城管论坛,头一下子懵了。论坛有人上传了他的讨论帖。他原来公安的公用车,赫然在帖。讨论帖是"为啥今天新城管局长开公安的广本车上班",只短短十几分钟,跟贴几十条,有的还在调侃,说小编你为讨好新局长一定会删帖的。这肯定弄得论坛编辑无所适从,正在纠结呢。施原的心一下子凉了,他知道,这事,一不小心就会弄大。

新官上任,按理说得来个"三把火",施原没料到,屁股还

最后的箫声

没有坐热,就被人家烧了一把。迟疑片刻,他让公安局办公室把广本开走,又让城管局办公室把帖子留着。他不为难论坛编辑。

施原其实是前些年市里新引进的一批公安大学研究生中的一名,先在刑警队,破获了一连串刑事案子,抓捕了好几伙网上通缉逃犯,立了大功。后又从基层民警干起,一直干到前职。在他任期内,城区治安确实有口皆碑。

一会儿,城管论坛又现烽火。冲施原的"第二把火"又突然烧起。一条让人触目惊心的帖子,跟了一个毒咒。"施原其实是带病提拔的,小编你敢删就是马屁精。"

帖子并不无中生有,贴了一张两年前施原签字的公费集体旅游6万多的发票。这是施原离任审计中被发现的最大问题,市纪委的内部通报中已经通报。但被人家贴出发票,事情就变得非常棘手。围观的人极多,跟帖不少。施原迟疑一下,自己亮明身份跟了一贴,表明这确有其事,作为主要责任人他一切听从市纪委的处理意见,并引以为戒。

这"第二把火",稍有平息,施原的手机响了,是老乡周凯凯。他比施原早十几年在这里发展,已经是一家拥有上亿资产的大老板。其实,施原老家的校长是周凯凯的班主任。有了老师这层关系,施原来这里后,周凯凯没少照顾。这次,小师弟荣升,作为师兄理当出面设宴小贺。周凯凯电话里说,地方、人员我都约好了,你带六七个新部下过来。

按理，别人请，况且是新上任的头一天，施原肯定要推。但这次绝对推不了。电话里，周凯凯又给施原一个大大的惊喜。"我们的凌校长来了，刚到，说一定要见见你。"记得当初选高考志愿时，还是凌校长说服他极挺公安专业，就冲着一点，施原不能不赴约。只是施原很低调地说："同事就不请了，这纯属私人小聚，不惊动了。"

到了下班，周凯凯的凯迪拉克直接从城管局大院接走了施原。周凯凯是个喜欢高调的人，这一高调，弄得施原有点心慌。

小聚设在乡村会所"水乡天堂"。这地方，施原知道，但第一次到。据说是本市最奢华的去处，施原迟疑了，心更慌慌的。没转过神来，满面春光的凌校长和左右逢源的周凯凯，已经在大门口迎候了。施原急下车，恭恭敬敬地叫一声师长、叫一声师兄，被两个人小挽着边说边朝大厅内走。绕过几处幽深的回廊，进了"皇室雅座"。初进，施原被包间内炫丽夺目的灯光刺得睁不开眼。略找间隙，招呼服务员，示意关掉吊灯。周凯凯笑了："施局长低调，听他的。"

寒暄片刻，主宾依次入座。边聊边开席。大约过了半个时辰，施原手机突然响了。施原一看号码，一惊，让过一边接听。电话里是市委刘书记的声音："小施，在哪呀？"施原不敢说谎：

最后的箫声

"在外,刘书记。""想问一下,'水乡天堂'的'皇室雅座'能坐几个人?也是人家发短信问我的。"施原又一惊:"我问问,向您汇报。"说着,施原回过身来,跟师长、师兄歉意道别,说了声"书记有急事找"急急离席。周凯凯忙招呼凯迪拉克送,施原第一次违心说了谎:"刘书记的车子马上到,你先回避一下。"

出了"水乡天堂",一阵清新的凉风吹来,施原的心又回到了原点。他沿乡间绿化景观道朝前走了一段,拦了辆小三轮回了市区。施原知道,这是他被烧的"第三把火"。

第二天,施原临时召集了一个系统干部职工大会。会上,施原非常坦诚地说:"昨天,我是新官第一天上任,有人给我烧了三把火,让我清醒地知道如何为这新官,如何为人。在此,谢谢!"

施原没让大家鼓掌,说:"大家都干活去吧。"

流行歌曲

大凡女干部突然听到"泉水叮咚"便匆忙提裤让位。一时节,"泉水叮咚了没",成为陈墩镇干部们口上的俏皮话。

嵇本科,其实叫嵇尤山,陈墩镇红木桥塦老嵇家儿子,

第五辑 官场旁记

一九七七年高考后第一个回镇的本科生。嵇尤山学的是地球物理，毕业时，嵇父想让他回来工作。

嵇尤山手持国家干部分配工作介绍信到县人事局报到，人事局让他直接到陈墩镇。一头雾水的嵇尤山被分配到了镇农技站。嵇尤山懵懂中做了农技员，全镇唯一的本科生，有点稀罕，每次介绍来介绍去，大家干脆叫他嵇本科，一叫也就叫顺溜了。

嵇本科做的第一项工作，是跟着老农技员老孙帮银泾村指导水稻高产坊耕作。嵇尤山跟着老孙，帮人家选种子、量秧距、催施肥、督拔稗，转眼只几月，丰产坊稻子长势喜人，一下子超过了所有的普通稻田。谁料想，一场连续多日的狂风暴雨，让丰产坊的水稻倒伏了一大片，后来仓促开镰还是损失惨重，产量只是普通稻田的六成。老孙也是天照应，关键时阑尾炎发作进医院动了手术。嵇本科一个人顶着，忙乎了几个月背了个骂名，被银泾村人追着骂。罗镇长也常常在大会小会上骂，啥狗屁嵇本科，鸡巴笨蛋！自此，镇里不让嵇本科碰丰产坊。

嵇本科没事做只能干耗着，有事没事跟着别人在乡村里跑跑。有段日子，虬村进了个勘探队。队里有个嵇本科的同学。同学跟嵇本科说，你这样吊着，专业荒了，以后评职称难了。出于好心，同学主动在自己的论文上署上了嵇本科的大名，那是有关沿海平原地区油气储量探测方面的专业论文，不久上了一家专业杂志。

最后的箫声

这篇论文不知怎么会在虬村传开来，只几天，虬村好多人家的场地路旁加盖了各种简易屋棚。加盖屋棚后，村里人开始算着拆迁后的收益，偷着乐。不料想，一等等了两年没动静，虬村人急了。当时匆忙中搭的屋棚，经不起风雨，一倒一大片，压伤人还险些出人命。虬村人不干了，有好些人串通着到镇上上访，讨要说法。罗镇长开头也没闹明白，虬村人拿出有嵇尤山署名的杂志，责问镇长，说国家做事不能欺骗老百姓。确实，嵇本科是国家干部，有嵇尤山大名的杂志是国家的正宗杂志。罗镇长大怒，一纸红头文件贴在镇政府大门口，罚嵇本科做政府大楼卫生勤杂工半年，以平民愤。

嵇本科做勤杂工，倒也勤勤恳恳，自知有错在前，也算将功补过。不料，只过一周，镇妇联又把嵇本科告到罗镇长处。罪名很简单，那就是政府大楼所有的女厕所，一周没人冲洗，肮脏不堪，臭气熏天，无法入厕。

嵇本科这才开始同时冲洗男女厕所，只是一个大小伙子贸然进女厕所，总有诸多不便。然嵇本科绝非笨人，每次进出女厕所冲洗时，总轻声唱着歌。这是职业暗示，其实际效果不输街上洒水车的音乐。嵇本科唱的是时下流行的歌曲："泉水叮咚，泉水叮咚，泉水叮咚响，跳下了山岗，走过了草地，来到我身旁……"大凡女干部突然听到"泉水叮咚"便匆忙提裤让位。

一时节，"泉水叮咚了没"，成为陈墩镇干部们口上的俏皮话。

一日，上面有领导来调研。嵇本科例行"泉水叮咚"，把正在解决内急的袁部长吓了一跳。然小门紧闭，有惊无险。袁部长是位没有脾气的小老太。小门外舒缓本色的男中音，悦耳动听，让袁部长很好奇。回会议室一问"泉水叮咚"，罗镇长心里发急，生怕活宝又闹出啥大事，局促不安，小心回答部长问话。

调研结束后没多久，上面竟然发下一纸红头文件，任命嵇本科为地区地方剧团副团长。一时，全镇人都在传说这事，各种版本。知情人说，地区组建剧团，正副团长人选，久悬未决。先安排了一位团级干部，人家不愿意，三天两头不在团里。再想物色个常务副团长，托人走路子找上门来的不下一个排，都冲着这诱人的编制。一直在为这事烦恼的袁部长，调研时，正好撞见了嵇本科。人家一个七七级首届大学本科生，正宗国家干部，又在农村锻炼了几年，连最脏最苦最没脸面的活都干得风生水起，而且歌又唱得这么好，难得可贵，况且还挡了一批人，省个编制。

嵇本科上任不久，恰巧照安排带团到老家演出。灯光才亮，观众就喊着要嵇本科唱"泉水叮咚"，这其中也少不了瞎起哄的。嵇本科应声，端庄上台，手一抬，乐起。一句"泉水叮咚"，全场乐翻了。一曲唱毕，全场掌声雷动。

请你帮忙犯点错

电话里的凌峰似乎很淡定,一副心里没愧事不怕半夜鬼敲门的口气,淡淡地说:"请说。""想请你帮忙犯点错。"钱井说。

钱井,自小就是个福尔摩斯迷,大学毕业后,总觉得自己有一身福尔摩斯的能耐,全然不顾爹娘的百般阻挠,开了家私人侦探社。只是公司没有起名侦探社,而是听高人指点起了个挺雅的名,唤作小井咨询服务公司。公司的秘密宗旨是"请你帮忙犯点错"。

公司开张头一日,钱井通过朋友私下里介绍接了一单大生意,期限一月。委托人姓蔡,桐城最有名的房地产老总,咨询意向很明确,就是要侦探一个叫凌峰的人,谈妥的价格非常诱人。委托人唯一的要求就是下手一定要狠,不能有一点顾虑,想必这位凌兄真的得罪他了。

一接单,钱井就着手进入角色,事先他借款购置的各色装备也陆续到货,针式录像机、眼镜式摄像机、吸附式跟踪器等等,光一架低空遥控的高清摄影小飞机,就花了他好多钱,这些都是他筹备公司花的血本,还高价聘了名助手。

第五辑　官场旁记

为确保首单生意大捷，钱进全身心扑入，二十四小时，时时不敢懈怠，跟踪、录像、录音、取证，当了解被侦探方是财政局长时，钱井对做好第一单生意，更抱有信心。他最清楚，贵为一局之长，贪与色，是最致命的两根软肋，他就不相信靠他聪慧的大脑、敏锐的嗅觉，在被侦探方的这两根软肋上找不到一点错。

跟踪半月，钱井发现凌局长整日很忙碌，到处奔波，开会、接待、出差。一半限期过去，钱井有些沉不住气了，凌峰的两根软肋上，还真的找不到啥错。凌峰为人严肃，天生有一种威严气势，部下都挺谨慎。政府财政审批、预算、结算上，丁是丁，卯是卯，不管谁打招呼都不理，想必这样的人得罪蔡总也是挺正常的。

钱井心想，只要自己不懈怠，凌峰没错也不是他的错。预约好蔡总，钱井上门述职，一应证据悉数带全。然钱井才说了一句"找不到凌峰有错"，蔡总便勃然大怒。像训贼一样斥责钱井："你以为你是谁，你说他没错，难道他就没错了。像你笨得猪一样的人，也配出来干私人侦探。我说他有错，他就有错。你难道就不能给他设局、下绊子、下狠手让他出错？想蒙我的钱，痴心妄想！"

钱井哑言，他开公司吃的是凭良心、靠脑子的饭，他有他的底线，他绝不会去给被侦探人设局、下绊子，若是被侦探人

最后的箫声

"帮忙犯点错",那是他的造化,那是他财源。接下来的半个月,钱井调整了侦探思路,把侦探指向个人生活上,没想到凌峰的私生活也是挺阳光的,老婆是电视台的资深美女主播,生了一对公主一般的双胞胎女儿,一下班,凌峰就喜欢往家里跑,一有空就被两女儿缠着。人家说,女儿是爹的"小情人",凌锋每日被两个"小情人"缠着,就像生活在蜜罐里。

跟踪凌峰的私生活,钱井倒像体验温馨的家庭生活连续剧。沉浸其间,钱井也渐渐淡漠了因为凌峰没有错而给他带来的巨大损失。期限到,钱井想再次去蔡总处述职,电话约了几次,人家理也不理他。明摆着,谈定的佣金,全部泡汤。

钱井觉得很窝囊,窝着气的钱井,没气可出,便把气发在被侦探人身上。一日半夜,钱井在酒吧里泡到凌晨二点,突然拨通了凌峰家里的电话,说:"喂,凌先生,我是私人侦探,我有事要和你说。"

电话里的凌峰似乎很淡定,一副心里没愧事不怕半夜鬼敲门的口气,淡淡地说:"请说。"

"想请你帮忙犯点错。"钱井说。

"这话怎么讲?"凌峰不解。

"因为您没错,我几十万的佣金一下子泡了汤。我遇上您,很惨。"钱井又说,"您想知道谁想在侦探您吗?"

"不想："凌峰说，"少知道，少烦恼。"

钱井顿了顿说："我敬仰您的为人。"说着，沮丧地挂了。

钱井第一单生意惨败，心不甘。心里不甘的钱井，反过来花了半年的时间，对欠债无赖蔡总进行侦探。结果，在行贿、逃税、指使强拆致人伤残几个口子上找到了很多突破口，掌握了无赖的大量犯罪证据，实名把这位不可一世的房地产老板成功告上法庭。

小井咨询服务公司在桐城一下子声名大振。

"皮鞋斯"

临走时，戚阳非常委婉地提出，能不能看在他喜欢皮鞋的份上，把这皮鞋留给他。

在陈墩镇的方言中，有一种特定的称谓，就是某物加"斯"，有另一种含义。比如，戴眼镜的，称"眼镜斯"，那便是对戴着眼镜挺斯文的一类人的尊称。还有，常穿皮鞋的，称"皮鞋斯"，那是对穿着皮鞋有钱有地位有威望的一类人的尊称。

戚阳小时候，家里没有一个人穿皮鞋的。爷爷是渔民，爹妈、叔伯、姨婶也都是渔民。渔民除了赤脚，就是穿草鞋，布鞋也难

最后的箫声

得上脚。

戚阳跟爹去镇上卖鱼时，看见过人家穿皮鞋的，黑色的牛皮铮亮，也有人在皮鞋底上钉上鞋钉的，在窄窄的石板街上一路走去，一路脆响。穿皮鞋的人，衣裤也讲究，裤缝笔挺，裤管罩着皮鞋面，走动时皮鞋面便若隐若现。戚阳知道，这就是人家说的"皮鞋斯"。"皮鞋斯"走路往往不紧不慢、有模有样。一路上，有不穿皮鞋的人挺客气地跟他打着招呼。戚阳眼里瞧着，心里在想，这"皮鞋斯"一定不是普通人。

到了13岁，戚阳考上了镇上的中学，成了住校生。戚阳在学校里待了几天后，他便发现，他们学校有两个"皮鞋斯"。一个是他们的校长，新中国成立前的老干部，山东大高个，个儿高皮鞋也大，黄色的翻毛皮鞋，几乎是一踩一个坑。校长挺威严，哪个班级上课纪律不好，只要窗外传来校长的大皮鞋"笃笃"声，学生们定会一下子变得很规矩，闹声全无。另一个，便是他们的物理老师。物理老师常年穿着黑色的牛皮皮鞋，每天擦得铮亮，头发也梳理得忒考究。戚阳听同学讲，物理老师是复旦大学的高才生。物理老师讲物理，忒精彩。戚阳最喜欢的功课就是物理，在一篇《我的理想》的作文里，戚阳就写，我的理想是当一名物理老师。其实，谁也不知道，戚阳做梦也在想，有朝一日自己能够像物理老师一样整天穿着铮亮的皮鞋，那做啥都成。

第五辑　官场旁记

事实上，戚阳整个中学六年才有三双布鞋，那还是因为他读书特别好，他娘从少得可怜的钱里省下来请人做的。戚阳非常爱惜自己的鞋子，不到万不得已时，他绝对不穿的，他从小已经习惯打赤脚，即使冬天里也这样。然他做梦最多的还是想鞋。

也许，想鞋是一种动力，戚阳在学校里的各门功课，一直挺好。到了初三，因为他成绩出色，校长破例给他奖了一双白球鞋。这双白球鞋，他一直穿到高三毕业。

高考时，戚阳如愿进了复旦。

在复旦，戚阳见同学中有好多穿皮鞋的。有一回，他不经意地问一位新买皮鞋的同学，同学的回答吓了他一身冷汗。即使他省吃省用几年也买不起这双皮鞋。

毕业后，戚阳直接进了一个大机关。工作第二年，戚阳终于穿上了用自己的工资买的第一双皮鞋。皮面虽粗，但挺结实。春节回家，戚阳穿着这皮鞋。当年的伙伴见了挺羡慕，都说，戚阳也成了"皮鞋斯"了。

戚阳挺努力，仕途也挺顺利。股长、科长、处长、副厅长，几年就升个一级或半级的，手里的权力越来越大。权力大了，钱也多了。钱多了，戚阳对皮鞋内心的窃爱，更是超越了当年。他对皮鞋品位的追求，也越来越高。有一回出国，在人家机场过安检时，非常气人。那安检设备，老外过时不叫，他过时就叫。人

最后的箫声

家让他脱了皮鞋过安检，安检设备也不叫了。这事对他打击特别大。此次后，他再也不穿国产皮鞋了。每次出国，他总喜欢逛人家的皮鞋专卖店，几年下来，他家的鞋柜里已经是名鞋荟萃。就连意大利的朗丹泽、伦敦的约翰·罗布、意大利的菲格拉慕、英国的Dr.Martens，他也有。有的皮鞋，抵得上一辆小轿车。其实，只有真正渴望的人，才会舍得掏钱买这些踩在脚下的奢侈品。而随着职务的提升，戚阳的钱已经多得足以拥有世界上最顶级品牌的皮鞋了。

当然，戚阳也不是每天都穿这些高端皮鞋的，他也买些比较实惠的不张扬的皮鞋，下基层进工地时穿。每次，在媒体前亮相时，戚阳总是很朴素，包括那些穿得很旧的皮鞋。

只是谁也没有料到，戚阳会被立案调查。他是直接从一线工地上被纪检和司法人员带走的。带走后，再也没有出来。这让戚阳很沮丧。他最沮丧的还是那双为了上工地而专门穿的旧皮鞋。没有自由、无所事事的日子里，戚阳一直望着自己的旧皮鞋发呆，自己似乎再也不是陈墩镇人眼里的"皮鞋斯"了。

一日，同监里，收进一名酒驾老板。两人一照面，都说似曾相识，后回忆了几次饭局，居然一起喝过酒。最让戚阳把控不住的是这位酒驾老板脚上的皮鞋。戚阳问，若我没猜错的话，你这皮鞋是丹麦的ecco，国内叫爱步。酒驾老板一脸惊喜，正是，没想到，在这小地方，还会遇上您这样有品味的人。戚阳又说，这是今年的新款，价位在2500元人民币上下。酒驾老板愈发惊喜，是的是的，我上个月去迪拜时买的。两人因皮鞋有了共同语言，一下子变得非常投机。

关押的日子到了，酒驾老板将重新恢复自由。临走时，戚阳非常委婉地提出，能不能看在他喜欢皮鞋的份上，把这皮鞋留给他。酒驾老板也是个豪爽之人，二话没说，把自己的ecco留了下，穿着戚阳平时装样子的旧皮鞋离开了。

只是，穿着别人的皮鞋，戚阳还是浑身不自在。

筑乡路

金嫂说，要求我们有一个，你们筑路总不能淹了我们家场地吧，路面总要比我家的水泥场地低十公分吧？

金泾村是个十人见了九摇头的村。这村地处僻远，水网交叉，道路不畅，村里人出来不便，村外人进去更不便。金泾村在先前农耕稻作时代，因土地肥沃、水源充足，村民们男耕女织，足不出户，尚能丰衣足食，被人称作"世外桃园"。然进入现代农业时代，这金泾村便显得落后了，全村没有一个像样的村

最后的箫声

办厂，村里集体的收入少得可怜，家家户户仅靠一年两季稻麦或油菜轮种，仅能维持暖饱。前几年，市农林局曾派农业技术指导员下乡扶持，引进一批优质瓜果，种是种了，结的瓜果也是绝顶的出色，但就是这道路不畅，好瓜果藏在深阁里，村里人运不出去，城里人尝不到新鲜。

后来市里把金泾村列入市级经济薄弱村，委派交通局、建设局等几个建设口的大单位，带着资金驻村扶持。担任这次驻村扶持工作的是个年轻的大学生，姓蒯名源。别看这大学生年轻，可了不得，一是名校东南大学交通工程系毕业，又是上海交通大学在职硕士研究生；二是这姓更了不得，金泾村都知道香山匠人蒯祥，造的是北京金銮殿，官至一品工部侍郎。说起蒯姓，金泾村人总问你是蒯祥的后代么？蒯源呢，只是笑笑，笑而不答，金泾村人便说，不答便是真的。于是满村的人都在传说香山蒯祥的重重孙子，带了几百万钞票帮金泾村人筑路来哉。

筑路非小事，村里自然把这事列入村重点实事来落实，不多的几名村干部头上，全都落到任务，担起肩胛，有的帮蒯源他们丈量路基，确定道路走向；有的召集村民把一项项筑路的涉及的事项摊开来，让村民知道；还有的专门就一些涉及村民利益的，跟村民交涉、协商，适当的给予一点补赏。

路基一丈量下来，蒯源便掂出了在金泾村筑路的份量，大

第五辑　官场旁记

学里学的一套，在这村里可一点也行不通。这村里原本是宅基挨着宅基、围墙顶着围墙，拆又拆不掉，挪又挪不开，只能见缝插针，蜿蜒蛇行。有的路基，按地势，上桥是坡度，下桥却来个九十度直弯，这样的路，纵然筑造了也是险象环生。蒯源只能在路基上一段段再三丈量再三琢磨，能挖直的弯尽最大可能挖直，能放低高度的尽最大可能放低，这样就涉及到了村民利益受损后的赔偿问题。有几户人家，因赔偿达不成协议，成了筑路的钉子户。村干部便把所有的钉子户聚成堆，分成块，村干部们每人落实一块。

蒯源是委派进村工作的指导员，自然也分到了一块，其中最难缠的是金家。那户姓金的人家，男人叫林根，在金泾南村与北村的交界处，道路按走势该从他们的门外沿河走的，但是金林根就是不同意。其实，金林根这人也是个能人，早在二十年前，高中毕业返乡后就学了泥水匠，先是帮人造房子，后是做包工头，筑路造房子拆房子样样做，是村里公认的第一富户。自己的房子造得像别墅，宅基地全部用水泥铺地，日子过得要有多滋润就有多滋润。

金林根不让筑路，咬定一句话，就是计划中的新筑路面要比他家的水泥场地高十公分，那一下雨他家的场地上自然要水没金山了，这自然不干。

最后的箫声

金林根发了话,自己带了些人外出包工赚钞票去了,而家里所有的事则让老婆林根嫂顶着,这林根嫂也不是个省油的灯,人凶,村里人都晓得的。自从计划着筑路,施工队的人在她家门口丈量路基,她便开始骂街,量一次,骂一次,骂得人家火起,恨不得把她揍一顿。事实上,金林根家的门前路通不了,南村与北村之间就成了断头路,这路筑了也只是个摆设。

蒯源上门,叫了声金嫂,金嫂爱理不理,说,有话快说,有屁快放。蒯源说,路是要筑的,你要有什么要求可向村里提出来。金嫂说要求我们是有一个,你们筑路总不能淹了我们家场地吧,路面总要比我家的水泥场地低十公分吧?

第二天,蒯源又上门,正巧遇上林根回家,夫妻俩是事先商量好的,咬准了那句话。

蒯源说,好,低就低,保证淹不了你们家。如果不信,我们可立字据。

其实,蒯源晓得金林根作难筑路,是有原因的,一是一听说村里筑路,金林根便跑村里提出自己多少多少钱包了,但蒯源顶着不同意,这道路工程是要公开招投标的。金林根投了,但标书也不会做,开了一个天价,自然落了空。包工落空后,金林根就开始浑身不舒服。看见人家沿河滩要筑驳岸,而他们家的石驳岸已经筑好,自然提出要给予补偿,但蒯源实地一踏勘一丈量,坚决不同意补偿，理由一条，这段石驳岸，质量不合标准，需要拆掉重建。

金林根见几次闹不过，便以路面高十公分他家水泥场地要淹水为由坚决阻止筑路，村里没办法，召集村民代表跟金林根协商。协商最后的结果，金林根同意筑路，前提是修的路不能淹了场院。协议的附加条件是如水淹场地，村里将一次性赔偿金林根八万元，用以抬高水泥场地、新筑围墙。

一个月后，道路终于筑到了金林根的家门，那路面，确确实实按金家协议上提出的要求，低于场地十公分，只是在那段低于路面十公分的路面上，筑了一条高二十公分的微型桥梁，精致、美观，上可行车下可泄水，而整个桥梁采用的是预制工艺，只是待金家晚上闭门睡觉当口便一下子全部装配完工，第二日天亮上工时，只需稍微补补接缝，粉粉桥面。

见状，金家夫妻俩这才哑口无言。

第六辑　周庄叙事

> 周庄，一个充满诗意的去处，曾经沧桑、曾经落寞，至今却人头攒动、旅人向往。也许，周庄与我的陈墩镇重叠，然不妨碍我以周庄为背景，叙述江南水乡古镇另外一些特有的人与事。

失乐园

阿木过来找我，说，龚哥的意思，帮喝酒的客人另找个客栈，钱由龚哥加倍补偿。

苏周航班停航，我下了岗。没有事可做，我便把先前在周庄镇南栅买得的沿街老屋加以改造，再租了几间旧房子，开了一家小客栈。当时，正好在放电影《失乐园》，我就很随便地给客栈起名"失乐园"。然客栈开张以来，人气不旺，我常一人呆呆地守着空房。有人说，冲你这名字，谁来？然我只想一切随缘。

第六辑　周庄叙事

一日，客栈来了位客人，五六十岁，光头，憔悴。请人送过来一堆行李。客人话不多，似乎很疲惫，先在院子里藤椅子上了坐了一回，继而问，住的人多不？我有点迟疑，最终还是照实说，不多。客人说，给我个朝南房间。客人住下后，睡了整整一个下午。傍晚时，客人出去吃了点东西，回来跟我说，你能不帮我找个人，年岁不要太大，男的，工资可商量。我不解。客人说，我想在你这里住上一阵子，养养身子。我这才说把闲着的阿木找来。阿木人有点木，话也不多，然人高马大有力气。客人点头让阿木留下。

客人姓龚，我们叫他龚哥。他让阿木把藤椅搬到内院的小河边。那里，脚下到处是凌乱的碎砖瓦、青苔和杂草。他喜欢一个人静静地独坐，蜷缩在椅子里，晒着冬日温暖的阳光，一蜷就是大半天。饿了，阿木帮他弄吃的。渴了，阿木帮他泡茶。

住了没几天，龚哥让阿木陪着出了趟门，随身的行李带了一些，然不多。几天后，龚哥被人扶回来。回来后，龚哥悄无声息地躺了几日。我悄悄地问阿木，龚哥怎么啦？阿木说，龚哥去上海做了化疗，身子很弱。那晚，客栈里有人在院子猜拳喝酒，动静很大。阿木过来找我，说，龚哥的意思，帮喝酒的客人另找个客栈，钱由龚哥加倍补偿。说着，阿木给了我两万块钱，说龚哥让我这段日子闭门谢客等他身子慢慢恢复。我这才知道，龚哥不

最后的箫声

是个常人。好言支走了院子里喝酒的客人，我在门口挂了个"内部装修暂停营业"的牌子。没有其他客人的日子里，我和阿木就本着心伺候着龚哥的饮食起居，我还时不时地约上镇上、鹿城和沪上的医生来看他，这让他很感激。化疗后，龚哥恢复蛮快，一个月后，又能坐在小河边晒太阳了。一个多月的接触，龚哥开始把我和阿木当自己人了，也讲讲他不为人知的事，也让我们办些让人费解的事。过一段时间，龚哥开张单子，拿着银行卡，告诉我密码让我去邮局给单子上的人汇钱。五百八百、一千两千。单子上的人，有岭下村的，也有全国各地的，有姓龚的，也有其他不同姓的。每次，名单和数额有相同的，也有不同的。反正从这名单看，你是猜不到龚哥为啥给这些人汇钱的，而一汇就是好几万。我想，就是当年家财万贯的沈万三这么给人家寄钱，也会倾家荡产的。

后来，帮他办事多了，龚哥也信任我了。高兴时，也会跟我说说他的事。一回，他说，我是我们村有名的小"诸葛"，书读得最好，全村唯一的大学生。我们那小山村，很美，喝的都是山上的泉水。有一回，他说，他一生有过三个女人四个孩子。第一个女人，是他大学里的同学，他在城里赚了钱，要回乡去创业，她不愿意，他们平和地分了手，大女儿随了第一个前妻，现在已经结了婚有了自己的小宝宝。第二个女人，是跟我回乡的女人，帮我做会计。我们没有结婚，生了对双胞胎，女孩。后来，她拿了我们的钱，带着孩子，失联了。第三个女人，是我在歌厅里认识的，她偏要跟我结婚，结婚没几个月就生了个男孩，也不知是不是我的。我生病了，她也带着孩子拿了她该得的钱走了。

半年后，龚哥再次发病，我送他去了沪上的大医院后，没再回来。有人过来处理龚哥的后事，给我一个信封，里面装几张银行卡、一沓名单、一张附言。"万兄：密码只有你知道，泣盼一一代寄。我以前学化工，一时利欲熏心，回乡搞地下小化工厂，发了大财，好多人家跟我学。岭下村暴富了，也成了臭名远扬的癌症村。这些单子，是我这辈子良心上欠的。"

夜泊周庄

寻声过去，只见轮船边的小渔船头上坐着一个小女子，黑黑的肤色，白亮的牙齿。我问，你是水鬼吗？

十八岁那年，我在家待业。爹迟疑再三，最终被我妈逼着提前内退。我跟在没有表情的爹身后，进了他的国营苏城轮船公司。

最后的箫声

我爹让我跑苏周班。

每日，几声汽笛，轮班在午时的慵懒中从苏城起锚，缓缓一路航行。到周庄，恰好傍晚，轮船就泊在镇西栅聚宝桥边。

此时老街，昏黄路灯初上，旅客三三两两消失在寂静里。轮船上只剩下老大和我。老大是我爹的徒弟，他家也在苏城，自然得宿船上。老大寡言，每晚我俩只能大眼对小眼等着睡觉。

有时，镇上同事叫老大上岸小酌。老大让我看船。头一回看船有点怕，生怕水里突然冒出个水鬼。第二回看船，有个女人蓦地"嘿"我一下，吓我一大跳。寻声过去，只见轮船边的小渔船头上坐着一个小女子，黑黑的肤色，白亮的牙齿。我问，你是水鬼吗？她恼了，说，你姐才水鬼！我惊奇，那你怎么在这？她似乎在撅嘴，我家在这！于是，我断定她真的是个水鬼。书上的水鬼，都假扮女子。我关严舱门，没再理她。她也没再"嘿"我。

第二日，我才探身舱舷洗刷，又被"嘿"了一声。小渔船上的小黑妹正冲我微笑，那双大眼出奇的明丽，给人黑玫瑰的感觉。我想搭理，但她"啦啦——"哼唱一声，一侧身把小渔船撑走了。小女子轻轻哼唱，身子隐约在柳枝间。我这才相信，她不是水鬼。

第二晚，我又一人看船，为了壮胆，我取了个破口琴胡乱吹。

我吹《洪湖水浪呀么浪打浪》，竟有人在和唱，而那随意的哼唱，恰如金铃子一般美妙。我一瞧，竟是那小黑妹！我一首首胡乱吹着，她竟一曲曲随意跟着。我从来没有听过如此天成的和唱。我似乎觉得自己的口琴成了魔琴。

头回领饷，我买了把重磅回音口琴，结果上缴的钱少了，被我妈狠骂了一通。新口琴藏了几晚，我终于忍不住拿出来炫耀，这新口琴真不懒，只一吹，她一哼，似天籁之音，让我迷醉。这晚，吹得晚了，被喝酒回船的老大撞见。我想这回糟了，买口琴的事定会在我妈跟前败露。可老大从没在我爹妈跟前提这口琴的事，让我觉得老大是个真男人。

老大喜欢热闹。在船上没事时，他会招呼，丫头，过来，唱一个。小女子落落大方爬上船，坐在船舷上，一双光脚伸在水里，边玩水边哼唱。真的没想到，她会唱的歌真多。老大在轮船头上，嚼着花生米，呷着老黄酒，微醉傻乐。

后来，老大上岸时。小黑妹也爬上轮船，和我吹唱。一回，我无意间叫了她声"小黑妹"，她突然一撅嘴，生气地回小渔船了。第二日一早照面，她火着脸冲我说，我叫蓝妹，不许瞎叫。这晚，我吹，她没应。我想，她生气了。

一连几天没她的声音，我想她是真生气了。

一天，老大说，人家在给小黑妹说媒，小黑妹死活不答应，正跟他爹妈闹别扭呢。又一天，见小黑妹，她一人坐在去苏城的轮班上，好像谁都不认识一样。第三天，她才回周庄。

最后的箫声

老大说，小黑妹要去苏城考剧团。只是，考过后，一直没有动静。我咒她考不上。时间久了，我开始叫她蓝妹，她气也顺了，我们又坐在船舷上吹唱。吹时，我们伸脚玩水。累了，仰头看星。看星时，四周很静，只有她轻柔的呼吸。我忍了好久，终于止不住扳过她瘦削的肩，看到她迷离的大眼和小巧的双唇。我试探着吻了她一下，她怔怔地看了我一眼。我想，这回定又惹她生气了。却不料，她身子一软滑入我怀，和我吻起来。真没想到，和会唱歌的甜唇相吻，是那么令人痴醉。

那晚，是个转折，吻了小黑妹后，我觉得四周人看我俩的眼光怪怪的。

有回，老大跟我说，有人愿过来帮小黑妹说媒。我若有意思，老大就去跟我爹妈说。不知老大怎么说的，我爹妈没不同意。我爹妈同意后，我被人领着去见她爹妈，其实他们一直在不远处的另一条小渔船上，我们也曾照过面，只是没留意。媒人，我不认识，跟她过去吃了一顿鱼粥，满满的一大锅，在小渔船的行灶上煮，煮了小半天，慢慢地喝着，美事在美食中似被淡忘。

不多久，说媒的传话，她爹妈要我家拿一万块彩礼。我照实回家传话，我妈恼了，说，城里姑娘也没这么金贵呀！临走，我妈掏家底给我三千块。回轮船后，老大说由他去谈。

谈的那天，小黑妹正好拿到剧团的录取通知，她爹妈倒也爽气，说，不加钱了，就一万。老大一听，只能摊牌，说人家小青年才工作，眼下只有三千，待工作久了再积些钱。她爹妈恼了，我们的事也黄了。后来，小黑妹真的进了剧团，身价高了。听说小黑妹结婚时，男家花了两万块彩礼。

三年后，小黑妹重回周庄。上轮船时，我避她，她却过来跟我说，剧团解散了，她也离婚了。看她在乎的样子，似乎像好不容易解脱一样。她又说，这次回周庄后，不走了，想买条小船，做船娘。自己会摇船，会唱歌，不愁养不活自己。

周庄之夜

半晌，她见我楞着，奇怪地反问我，你怎么还不走？我晕了，在我家，她却反客为主。一丢钥匙，我转身走了。

二十二岁那年，我已跑了四年苏周轮班。每日傍晚，轮船泊在镇西栅聚宝桥边。旅客走尽，轮船上便只有老大和我。老大仍寡言，夜泊周庄，我俩只能大眼对小眼等着睡觉。

这几年，周庄好多有能耐的人家都搬去城里安家，镇上老房子空了不少。好些门窗破烂，墙壁摇晃。我在南栅见过一处沿街

最后的箫声

老屋，主人在轮船上说急于脱手。我想我爹妈给我娶媳妇的三千块钱还在我身上，便跟老大说，我想买。老大一听，说我发神经，好好的苏城不住，住周庄。我一意孤行，三千预付，把契约定了下来。又花了几百元钱，靠师兄们帮助，小修一下，不至于塌了。有时没事，去那老屋转转，似乎觉得自己终于有个小窝。只是每晚仍回船上住。

一回，船已泊码头多时，我见舱里还有一旅客蜷缩着没走。我拉醒她。她冷漠中冲我瞧瞧，仍蜷缩着。我说，到码头了。她说，我知道。我说，下船吧，人都走了。半晌，她说，我没地方去。我说，你没地方去也不能蜷在轮船上。她耍赖，我没钱，没地方去。只见她眼神中一片茫然。

我这才细细打量她，随身一个帆布大包，一个木板画架，衣衫不整，还沾有斑斑点点的油彩。我问，你写生的？她说，给你画幅像吧？我说，给我画像，也不能够住船上呀。公司不让的。她爱理不理地说，我没说住船上，我得吃晚饭。我缠不过她。老大过来在一边说，不要小气了，镇上馄饨店还没关。早早去吧。

馄饨店里，她一边等，一边给我画像。她画得很随意，几乎是乱七八糟信手涂画。等馄饨上来，她随手把画一丢，自顾吃起来。我初初一瞧，什么呀？一幅夸张的漫画。我不满，啥画呀？她冷冷地说，几个馄饨，你想要啥画呀？我初略一看，人样倒被她画出了味道，只是有鼻有嘴，没眼睛，显得空洞洞的。我没跟她计较。吃饱了，她说，帮我随便找个住的。我说，你不是说只吃么？她分明耍起无赖，你的眼睛要不？没眼睛，当然不行。于是，我把她领到新买的老屋。推门按灯，她似乎回家一般，行李脚边一丢蜷在靠窗的老沙发上恹恹欲睡。半晌，见我楞着，奇怪地反问我，你怎么还不走？我晕了，在我家，她却反客为主。一丢钥匙，我转身走了。

过了半月，我突然想起，我老屋钥匙还在那个陌生的怪女人手里，便后悔。轮船夜泊后，我急急上岸去南栅。黑灯瞎火地摸到老屋，一推，门竟虚掩着。屋里一星烟火，吓我一跳。你才来？黑暗中，怪女人说。还没吃晚饭吧？女人又问，摸索起身，走到窗外映进的一缕昏暗的光亮中。拍拍我的肩，她说，走，我请你。我一愣，随她出门，跟她进了沈厅饭店。她似乎跟饭店里的人都挺熟，说，万三蹄、水面筋塞肉、清蒸桂鱼、鲃鱼两吃，盐水河虾，再来瓶老酒，像沈万三接待朱皇帝一样。我急了，生怕自己破费。怪女人很爽气，说，你尽管吃，我记账！说着，冲墙上一新画呶嘴。我想可能是她画的。她跟我碰碰酒杯，说，我叫贾玲。谢你的馄饨，谢你的雅居！

那晚，我们喝得很晚也很尽兴。饭店里专门留个小妹照

最后的箫声

应我俩。酒至半醺，贾玲突然站起来，说，走，去看你的眼睛！我不解，随她回老屋，门一推，灯一拉，眼前一亮。墙上凌乱地挂满了画，我的那幅漫画，做了精心加工。我的眼睛，被她起码放大了半倍，看了让我自己也惊心，画得太诡异神奇了。边上，她还莫名其妙地写了一句话：看你会不会说谎？！她拉开一道布帘，露出由旧沙发改成的温馨小床。贾玲有些微醉，突然说，好了，我不招待你睡觉了，请便。我回了船。

又过了几个月，到了年底，过了这最后一班，我们就要歇一班回家过年了。我不放心老屋，去看了一下。这回，亮着灯，灯下是怪女人贾玲作画的靓影。我悄悄走近，站在她身后，静静地看她作画。她的画很怪气，让人看了还想看。

半晌，她停下笔，说，有啥打算？她知道是我。我没听明白。她说，这老屋，我要住一辈子了。你想娶我，也可以。我看着她的眼睛，不像在唬我。我想想说，如果你戒了烟，我可以考虑。她说，我早不抽烟了，我只是失恋的时候才抽。突然，她过来搂我，吻我，动作很慢，很专注，我觉得她在颤抖。我们吻了很久，我突然觉得，其实，我们需要对方。我说，我可以考虑你的提议。她突然说，但你不要指望我给你生孩子。这些画就是我的孩子。我会给你很多很多的孩子。我同意了。

几年后，周庄通了汽车，我们的轮船停航了。我也下岗了。我在老屋里帮贾玲打点，为她做饭，为她收顾客拿画后留下的现钱。后来，我们还买下了边上的几间老屋和一个大院子。

我们的幸福生活，每天被贾玲嗮在微博上。

突然一天有个帅男人来找她，也许是按微博线索而来。她唧唧咕咕跟他吵了好久，最后帅男人怏怏地走了。晚上，她突然问我，你不问问他是谁？我说，无所谓。她说，我们彻底决裂了。我不稀罕他有他的大公司和大事业，但我在乎他的眼睛会不会说谎！

周庄人家

然待她定睛一看，懵了，眼前白布黑纱老人镜框，分明是误闯了人家办丧事的灵堂。

1976年夏天，在苏南乡下插队劳动的邢瑛，突然接到父亲病危电报，哭着空身便往苏州赶，走到镇上轮船码头，人家告诉她，台风，轮船停航了。望着空荡荡的码头，邢瑛哭了。

就在邢瑛走投无路时，队里的阿宽叔突然出现在眼前。一问，阿宽叔说是要去火车站运县里配送的抗灾毛竹，同去的是两个小

最后的箫声

伙。无奈中,邢瑛灵机一动,改去县城,想先到县城,再乘汽车或火车去苏州。到了县城,实在不行,就走到苏州。

上了船,没朝前摇多久,邢瑛害怕了,台风已经提前赶到。一进白荡湖便见白浪滔滔,小小的手摇船,根本经不起这风浪,更意想不到的是他们船上唯一的一支木橹,在对抗风浪时折断了,小船一下子成了没有翅膀的小鸟,任由风浪摆布,像箭一样在湖里漂来荡去。船上四人只能木板控制船速。一直到深夜,小船被冲进一条急流大河,就在大家筋疲力尽时,船撞上一处滩涂,一个个迅即爬上老岸。惊魂未定中,又累又饿,无处可去。邢瑛只能随着阿宽他们朝远处隐约有光亮的地方走去。

走近,阿宽说,这好像是周庄,怎么反方向到了周庄,他们也想不明白。夜已很深,台风中,老镇上家家户户门窗紧闭。老街上,狂风施虐,把一些窗户、砖瓦、树枝,吹得满街狼藉。小河里,河水猛涨,河水裹着杂物,像野马一样在小河床里肆意冲撞。

绕了半个镇子,他们突然眼前一亮,分明看到一处窝棚,亮着灯,里面似乎有人影在晃动。走进窝棚,邢瑛劫后余生一般,人一下子瘫软下来。她已经十多个小时没吃上一点东西、喝上一口水了,待她定睛一看,懵了,眼前白布黑纱老人镜框,分明是误闯了人家办丧事的灵堂。男主人似乎并不在意他们的闯入，见他们一个个衣衫不整、魂不守舍、饥肠辘辘，便取出剩饭剩菜让他们充饥。邢瑛更惨，白天干活穿的旧的确良衬衫，不知啥时撕破了，羞愧难当。女主人说着不要嫌弃，便拿出一件上好的土布衣衫让她遮羞挡风。邢瑛知道，那一定是过世老人的遗物，然事已至此，不容她挑剔，紧紧地裹着那衣衫。吃了点饭菜，蜷在灵堂一角，邢瑛一会儿就睡着了。第二天天没亮，邢瑛醒了，坐在老人的遗体旁，木木地发呆。男女主人累了，瞌睡着东倒西歪，她却直挺挺端坐着，俨然成了守灵人。

台风刮了三天，灵堂设了三天，邢瑛也就这样端坐了三天。台风过去，老人这才出殡。出殡回来，邢瑛还在，主人家很感激，说，我们老祖宗前世修来的福气，近百岁仙逝，还有你一个城里人守了三天三夜。邢瑛临走时，主人家用旧报纸包了一只碗送她，说这是百岁老人的寿碗，能保佑你长命百岁。

邢瑛裹着老人的土布衣衫，拿着寿碗，乘上台风后复航的苏周班客轮，回到苏州。然没见上父亲一面，自己却生了一场大病，病中抱住土布衣衫和寿碗整日胡言乱语，反复说，这是我的命，谁也不能丢掉。

之后，邢瑛参加了1977年的全国大考，在南京读了四年大学，回到苏州有了很好的工作，又出国进修了几年。结婚生女，忙忙碌碌大半辈子。就在她退休的那年，母亲去了。在整理母亲遗物

最后的箫声

时，邢瑛惊讶地发现了母亲帮她收藏着的那件土布衣衫和那只寿碗。更让她惊讶的是，在摆弄土布衣衫时，她突然发现衣襟里有小心缝在里面的饰物。饰物不大，却相当精致。邢瑛拿去请懂行的朋友看，朋友眼睛亮了，说你这是非常难得的老物件。邢瑛也让走进苏州的寻宝组专家估价，确实价值不菲。邢瑛心里不安了，拿着宝物住在周庄，到处寻找当年帮她的人家。

在周庄整一个月，邢瑛没有找到当年那户人家。据说，那年暑天过世的近百岁老人有好几家，她一家家问过来，都说没那么回事。

突然一天，老大不小的女儿说是男朋友要带着未来的公公婆婆上门。这一见面，邢瑛愣住了，这不就是自己苦苦要找的周庄人家么？多巧呀！邢瑛拿出小心收藏的老物件，说出了土布衣衫的秘密，当场表态，这门亲，她认。

嫂子要生了

温哥和温嫂排名字时，温哥却一个也叫不上朋友的大名。温嫂问，你这些都是啥子朋友呀？

温哥，是个画画的大胡子，早在二十多年就常来周庄写生画画，跟收鸡毛、鸭毛、肉骨头的小贩住一个屋。后来每回来周庄，都是邋里邋遢的，若不说他是画画的，别人还以为他是卖耗子药的。

两年前，温哥来周庄后就不走了，他在老镇镇西头买了个破落的老宅，自己粗粗地整了一下，就住了下来。过了半年，老宅来了个女的，看上去略比温哥小二三岁，端端庄庄有模有样的。女的来了就和温哥一起过起了日子，把老宅收拾得干干净净，种些普通的花草和蔬菜，日子过得也挺悠闲。又半年，温哥女人的肚子鼓了起来，镇上人也不知怎么称呼那女的，后来有人称她温嫂，也就好多熟悉不熟悉的人都称她温嫂。

温哥在周庄有好多朋友，温哥每天在镇上写生画画时，总有三三两两的朋友，零零落落地坐在温哥的身边抽烟、喝酒、聊天。温哥画画似乎并不上心思，一边漫不经心地涂涂画画，一边跟身边叫得上名的或叫不上名的朋友们聊天、喝酒、抽烟。温哥抽的烟是上海产的大前门，喝的酒是本地产的太湖啤酒。烟和酒，随手丢在一边，谁一伸手就可以取到。镇上的朋友谁都像取自己的烟酒一样，取来享用。有时，也有朋友掏红中华、黄熊猫给他抽。温哥也不客气，点了照抽。温嫂有时也挺着个大肚子在镇上逛逛，看见温哥也在温哥身边坐坐，温哥的朋友们也一个个跟温嫂打招呼，有的说，温哥，啥时嫂子要生了，麻烦吩咐一声。有的却说，

最后的箫声

嫂子生孩子，跟你们一个个大老爷子有啥关系？

说是这样说，但下回大家又都这样说。说的人，似乎也只是挂在嘴上讨个嘴上热闹，听的人似乎也全没往心里放。

温嫂的肚子一天天大起来，嫂子生养的事，似乎成了温哥朋友们每日的话题。

终于到了一天深夜，温嫂肚子痛了起来，痛得挺厉害。毕竟温嫂年龄已经不小了，再加上是头胎。突然间提前到来的疼痛，让温哥一时间手脚无措。镇医院在老镇的东北角，老镇上高高低低的石桥和窄窄的石板街，即使叫了救护车也进不来。那晚，恰巧又是江南十几年难得的风雪夜，雪又特别大。温哥扶着温嫂一脚高一脚低地沿着老街朝医院方向艰难地走去。但才走了一小段路，温嫂就支持不住了，捂着肚皮蜷在墙角里直叫唤。

温哥胡乱地拨通了一个电话，也没问是谁，说你嫂子要生了，瘫在半道了，请过来帮帮我们。

一会儿，黑夜中有人唤温哥。温哥循声看去，有人在小河里的手摇木船上唤他。一人摇船一人在船头撑篙照电筒。

温哥与来人接上话，三个大男人，手忙脚乱把个大肚子女人连拖带拽扶上木船。船上几床新被子，垫的垫盖的盖，把温嫂捂得严严实实。上了船，在镇区的河道里摇起来，就不是那么艰难了。这船本来白天是摇着客人观光的，弯弯曲曲的河道都是熟的。而夜里只四人，吃水浅，又没其他船碍事，只一会儿工夫，小木船就摇到了北栅桥，靠了岸。

才靠岸，岸上路边又有人在唤，是温哥么？温哥接上嘴。岸边又有几个人从半暗半明处过来，满头是雪花，温哥也不知道是谁。五六个人十几双大手，随即把叫喊呻吟着的温嫂连被褥一起抬上路边停的黄鱼车上。一人拼命地在前面踩，几人围着推着黄鱼车，踩着咯吱作响的积雪，歪歪扭扭地朝医院里赶。

送进产房，温哥人一下子软了，瘫坐在冰冷的长椅上，一言不发。五六个朋友每个过来拍拍温哥的肩，安慰他，温哥，没事的，有我们呢！温哥人没吱声，人呆呆的，一直到后半夜产房里传出话来，说母子平安，温哥才缓过神来，抱住陪了半夜的哥们，连说谢谢。

后来，产房里的医生出来说话，说产妇年龄大了胎位又不准，不是送得及时，恐怕要出大事。

第二年，小儿子满周岁，温哥要请镇上的朋友们喝杯喜酒。温哥和温嫂排名字时，温哥却一个也叫不上朋友的大名。温嫂问，你这些都是啥子朋友呀？温哥说，倪二是摇游览木船的，三毛是开弹棉花店的，小三子是杀猪的……多亏小三子拉猪肉的黄鱼车，这黑灯瞎火的下雪天，你叫我上哪去叫出租车呀？

最后的箫声

温嫂笑了，那我得好好地敬他们一杯。

酒宴上，温哥给每个朋友送了一本新出的画册，告诉大家，他画的《嫂子要生了》，入了全国美展。翻开画册，大幅油画《嫂子要生了》编在首幅，风雪中，周庄的北栅桥、小木船、黄鱼车隐约可见，然五六个大男人的脸部却很模糊，只有雪漫天飘舞着。

温哥的朋友们一边喝着酒，一边喜滋滋地指着油画中的某一个人影说，这是我，这是谁。

那晚，温哥和他的周庄朋友们都醉了。

第七辑　李斯小传

> 李斯，乃我气味相投之朋友也。有事没事，老约我喝酒、品茶、打牌、散步，老跟我絮絮叨叨讲他的故事，不管我听与不听。我说，我要把你的事写出来告诉别人。李斯说，随你便。

初　恋

他突然发现董卉对带着自己汗味的运动衣给予的冷漠，她几乎不假思索地随手把自己的运动衣挂在了身旁一棵小树上。

李斯的初恋是在冥冥之中突然降临的，那正以出色的成绩迎接着平生第一次高考的关键时节，李斯发现自己的身边多了一张轮廓分明的笑脸和一对欣赏的眼光。

她是董卉，高二时从其他学校转过来的同班同学，到了高三上半个学期，董卉调座位调到了李斯的前座，于是李斯就常

最后的箫声

常看到一张甜甜的笑脸。每每自习时,董卉总是一脸甜笑向李斯问一些简单的问题,而那个时候,也正是李斯抬头凝神略作小歇时。董卉的问题,给李斯原本紧张的节奏有了调节。只是日子长了,李斯有些分神,看着书会突然想起董卉,尤其是夜里酣睡中会突然出现董卉甜甜的笑脸,会突然有一种道不明的的冲动,这让李斯很害怕。因为高考即将临近,他不敢有所懈怠。李斯也知道,同学柳冰曾追求过董卉,写了好多纸条,这让他很伤神。其实,李斯知道柳冰跟他不一样,他爸在镇上当镇长,不管柳冰念书如何不用功,到时总会有他爸给他托着。其他不说,高中还没毕业,他爸已经把他今后的大房子买好了。柳冰跟李斯是好朋友,在这之前的一天,柳冰跟李斯说,自己跟董卉拜拜了,他正在追隔壁班的另一个女生,她们正处得火热。柳冰还告诉李斯,董卉对他李斯有意思,凭他的经验,一眼就可看出。

感觉到董卉喜欢自己,李斯是在那次年级组织的中秋游园活动时,到了高三这种活动已仅存这一次了。那次,董卉从家里带了好多吃的,一路和李斯说笑,一次又一次地变魔术似的把一些好吃的东西塞给李斯,李斯扭捏着,特别是有几次董卉纤美的手指碰到李斯时,李斯便触电般地逃避,惹来同学们一

第七辑　李斯小传

路坏笑。

后来的发展，几乎是李斯自己始料未及的，夜自修送董卉回家的路上，董卉吻了李斯，这是何等甜蜜的事，只是如何发生的，李斯一直不清楚，这事让李斯整晚无法入眠，而且一直懵懵懂懂地过了一个星期，拉下了好多功课，李斯的名字第一次到被任课老师列入催交作业同学的黑名单当中。

确实，这是李斯的初吻，在这之前李斯不知道男女间是如此传递爱意的，李斯第一次感到董卉的嘴唇也是甜甜的，细瓷般精致而且柔柔的，而当李斯发现自己被贪婪地吸吮着的时候，脑际轰轰地不能自已。事后，李斯一直在回味着这初吻，这吻的诱惑同样像书本中某些神秘的知识一样让李斯孜孜以求。

只是至后的一些事，让李斯从情感的萌动中幡然醒悟。一次是班上为调节复习迎考带来的巨大压力而安排的班级排球友谊赛上，当李斯上场前把自己心爱的球衣交给一旁观战的董卉时，他突然发现董卉对带着自己汗味的运动衣给予的冷漠，她几乎不假思索地随手把自己的运动衣挂在了身旁一棵小树上。最让李斯心里有点惊诧的是，那运动衣掉在了地上，董卉竟无动于衷，反倒是班上另一位从来没有跟他笑过的女孩捡了起来，小心地拍掉衣上的灰尘，而且一直抱在胸前，等他们比赛结束

最后的箫声

后交到了他手中。这让李斯隐约感到董卉给予自己的爱似乎是飘忽的，似乎缺乏了一种实实在在的内涵。她爱他，却竟然不屑于那带着他体味的运动衣，这让敏感的李斯有点失望。而至后的另外一些迹象更让李斯断然收心。因为，李斯有意无意间发觉董卉与柳冰背着他仍粘粘乎乎的。有一回，李斯小人一般地跟踪了董卉，竟然惊异地发现，晚自习早退的柳冰竟然在半道上迎着把董卉送回了家。

而当李斯从初恋中醒悟过来时，他的功课已经拉下了一大茬，第一次高考模拟考试时，他竟然从班上数一数二的位置一下子跌到了二十名以后，这让李斯痛悔不堪。班主任老师找他谈话，他发誓在最后的几十天里一定发奋追赶。最终还是以超过分数线二十多分的成绩被一所二流的本科学校录取，与自己一直梦想的名牌大学失之交臂，李斯为此痛悔不已。而董卉、柳冰双双本科落榜。落榜后的柳冰似无所谓，因为他有能耐的爸为他弄到了一张也算叫得响的大学入学通知书，而董卉则入了一所能发大专毕业证书的中等职业技术学院。

几年后，李斯大学毕业又在外地工作了几年，带着自己寻寻觅觅好不容易找到的爱人回到了老家。同学相聚，董卉没来。柳冰告诉李斯，其实当年追董卉实在是因为大家都说董卉是校花是级花而追着玩的。技校毕业后，董卉嫁了人，老公的公公是当时的副县长，同学中她是第一个有别墅有车子的人，也是她第一个离的婚，只是别墅车子孩子都归了董卉。柳冰告诉我，离婚似乎与他公公从位子上退下来并没啥关联，其实董卉本来就不爱她老公，她的孩子还是私下里跟人家生的。只是她深爱的跟他生了孩子的那个男人，还有着自己的家庭，而且在小城里已位居要职，前途无量，她只是在静静地等待着，等那个男人最终功成名就而不需要过多过虑的时候。

李斯听着，心里涩涩的。

大实话

李斯却一本正经地跟她说，你的门没关好！姑娘低头一瞅，粉脸刷地红了起来。

李斯从小就是一个特实在的人，因为实在，所以说话从不转弯抹角，因此也常惹人生气、遭人烦。知道李斯脾性的人都说，这李斯啥都好，就是说话太直了。念书时，李斯跟双胞胎妹妹李芳常在一个班上。很奇怪的是，数学老师常把妹妹李芳喊成

最后的箫声

李芬。每每喊错，李斯总要高高地举起小手，给老师指正。开始，老师稍尴尬，喔了一声。后来口误多了，李斯常把小手举得高高的，闹得老师心里不快，便开始有意冷落他。

工作后，李斯的率直脾性还是不改。领导台上作报告喜欢引经据典。领导作报告后，又喜欢听听大家的评价，大家便想着法子夸领导思维敏捷出口成章、分析精辟高屋建瓴、引经据典满腹经纶，领导自然一迭声说过奖过奖，可心生得意。唯有李斯当着那些奉承的人说，领导刚才说不入虎子"与"得虎子，错了，应是"焉"得虎子。领导自然很尴尬。最让人气恼的是，领导每次作报告后总会征询大家的意见，而每回李斯总是要指出一些领导的口误。众人都觉得扫兴，背后都说这李斯怎么一点也不给领导面子。时间长了，领导对李斯总有些说不出的感觉。每每评先进、提拔，领导总说：李斯这个人挺傲气，就这一句话，李斯一直是该轮上没能轮上。

其实，李斯平时跟人相处，也是这般脾性，说话直来直去，有人烦他，也有人非常欣赏他。有一回，李斯一不小心获了一个奖。市领导颁奖，电视台记者还要摄像。获奖者事前按会议指定的位置就座，紧挨李斯的是位跟他年龄相仿的姑娘，脸蛋很俏，粉嘟嘟的，穿件娃娃衫，一条浅蓝色薄型的牛仔裤，显得很精干。为了表示友好，那姑娘跟他点点头，算是打过招呼。李斯却一本正经地跟她说，你的门没关好！姑娘低头一瞅，粉脸刷地红了起来，那牛仔裤拉链不知怎么地露开了，露出一小缕内裤的鲜红。那姑娘还算机灵，用只坤包一遮也就无声无息地拉上了。正在这时，主持人宣布颁奖。获奖者鱼贯走上主席台，在荧光灯下，一个个显得那般神采奕奕。李斯留意那姑娘叫朱鹂，外企员工。

第二天，李斯接了个电话，竟是朱鹂。李斯说昨天的事实在对不起。朱鹂说，我得谢谢你救了我。李斯说，这事用不着谢。朱鹂说为了表示一下心意，想请李斯去喝杯咖啡，情人岛吧。李斯说那是情人约会的地方。朱鹂说你想不想去啊。李斯说想是想，只是一男一女去那地方，觉得挺别扭的。朱鹂说，去多了也就不别扭了。

于是李斯和朱鹂去了情人岛，而且一去就去了好几次，开始有点别扭，后来也就不别扭了。到了最后，他们终于成双成对走进了拍婚纱的影楼。婚后，有小姐妹问起朱鹂怎么看上李斯的，朱鹂坦言，李斯这人实在，爱说实话，不管跟谁，从不用虚话蒙你让人犯迷糊，跟这样的人过一辈子不累。

遥远的情书

口袋里揣着朱鹏的情书,李斯便舍不得把那牛仔服换下了,只要能穿,他便常常地穿。

李斯跟朱鹏在情人岛咖啡馆喝了几回咖啡,也就双双喜欢上了情人岛那柔柔的光线、悠悠的音乐,还有那晃荡着的吊椅。可就在两人恨不得每天进一回情人岛的时候,李斯半年前递交的支援西北内地的志愿书竟被市里批了下来。说实在的,那时李斯正一个人独自操练着人生,巴不得去天南海北到处闯荡,可眼下两个人正热乎着只盼望着天天在一起。

市里开过了欢送会,这分别前的最后一晚,对李斯来说,恰如心里打翻了五味瓶,李斯曾不止一次地想打退堂鼓,为了爱情,临阵当回逃兵。朱鹏却说,你若推托不去,那自己再也不理他了。那晚朱鹏第一次吻了他,也是那晚,李斯醉了,真的醉了,先是心醉,后来才是酒醉。

第二天,朱鹏送李斯一直送到火车站的站台,最后终于也忍不住拥着李斯抽泣不住,当西行的列车即将起步时,朱鹏用嘴凑

第七辑　李斯小传

在李斯的耳畔说，去吧，好好工作，我等你回来。那情景犹如电影大片中送情郎出征的情形。

李斯又一次拥了一下朱鹏，男子汉般的拍拍朱鹏纤弱的披着柔发的肩膀说，朱鹏，我会每天想你的。说着便冲上了列车。

只是在李斯说那话时，分明觉得朱鹏的手伸进了他的牛仔服口袋，塞进了一样小小的物件，还小心地在他的口袋处按了按。

列车起步了。

李斯看见朱鹏正在站台上挥着手，那娇小的身影随着站台的退后渐渐地愈发变得精美。

李期随即想起朱鹏塞在他口袋里的物件，伸手一摸，是一方折叠得方正方正正的纸片，展开一读，一行行娟秀的字体竟然把李斯的双眼揉模糊了。这些天，李斯想说，也想听的话，朱鹏在信中都说了，而朱鹏在信中更多的是对他去西北独自生活的关照，可说是体贴入微。信写到最后，朱鹏竟还带了一句，说大西北的鲜花也许更美丽，但只能欣赏，可不能采哟。读到这里，李斯似乎看到嘟着小嘴的朱鹏在嗔怪他什么似的。

生怕被同行的志愿者们看到了笑话，李斯把朱鹏的信重新折叠起来，小心地放回牛仔服的口袋里，又不由自主地按了按口袋。

李斯他们去的地方叫阿巴，是一片山美水美天空上的云也

最后的箫声

很美的地方，自然也有好多嗓音甜美、佩着美丽饰品的少数民族姑娘。

李斯他们此行的主要任务是培训当地的师资力量，他们中有医生、有老师，而李斯则是建筑设计工程师，都是毕业后工作了几年的大学生。培训日程排得满满的。因为是在大山里，这个培训点与那个培训点之间常常要赶上半天的山路，于是他们几乎整日在几个培训点之间奔波。赶早路、上夜课是常常有的事。而每天除了去会那些培训点上年长或年轻的学员，几乎很少遇到外人。有时，车走了好多山路，突然看见山坡上一个放羊人，他们也会很兴奋。其实，那放羊人看见他们时更兴奋，手舞足蹈地向他们喊着什么。

到了阿巴，打电话对于李斯来说，便成了很奢侈的事情。先是带队干部进山之前，跟他们宣布了纪律，任何队员不准用培训点上的任何电话给家里通私人电话。况且很多培训点上是根本没有电话的。

李斯其实很想朱鹏，尤其是车子大半天在山路上寂寞地行进的时候，他更想朱鹏，想她的一颦一笑，想她的举手投足，眼前老是有朱鹏纤巧的身影在晃动。

让李斯感到幸福的事便是独自一人时，掏出朱鹏的情书，一

第七辑　李斯小传

句句地读，尤其是读到最后那一句时，李斯总感到朱鹏在冲他狡黠地笑，而独自读信的机会对于李斯来说，也是很难得的。毕竟要培训，毕竟几个队员整天在一起。

不能读信的时候，李斯也就把手伸进牛仔服的口袋里，摸摸那信，揉揉那信光洁的纸面，心里觉得少有的惬意。只是时间长了，那信纸竟然经不起摸揉，时间久了，原本折叠得好好的纸边，竟然一处处断裂开来了。手心里的汗渍，竟让信纸变得软软的，黏黏的。

口袋里揣着朱鹏的情书，李斯便舍不得把那牛仔服换下，只要能穿，他便常常地穿。以至学员们互相之间说起老师时，只要说那揣牛仔服口袋的老师怎么怎么的，大家就知道说的是李斯。

漫长的一年过去了，李斯他们也终于完成了所有的培训课程。

学习结业了，年长和年轻的学员们，一个个唱着歌跟志愿者老师们道别。

李斯回到鹿城的那天，朱鹏和志愿者队员们的亲朋好友一起守候在火车站台上。当身穿不再崭新不再干净的牛仔服的李斯出现在朱鹏跟前时，李斯和朱鹏又一次拥抱在一起。

李斯拥着朱鹏，边走边摸着朱鹏纤弱的披着柔发的肩背。一直到了他们两个人独处的时候，朱鹏问，我那信还在么？

最后的箫声

李斯吱唔了一阵，没说在还是不在。

朱鹏有点急了。

李斯是个实在的人，不会说谎。半晌，为难地说，

没了！

朱鹏恼了，问，怎么会没呢？

李斯愈发为难，吱唔着，揉——揉了——

朱鹏不解，疑惑着。

李斯说，揉没了。说着，手里攥着一把什么，在朱鹏眼里摊开来。

竟然是一把变成了咖啡颜色的纸屑。

朱鹏楞了一下，然后用那小小的粉拳捶打着李斯，笑出了两眼泪花。

一手好字画

电话里，何老总声音很冷，说，小李，那墙上的画，是你画还是我画？

李斯的爷爷，早年曾拜黄宾虹为师，画得一手好画，终生以

第七辑 李斯小传

画山水小品为生,日子过得挺滋润。李斯的父亲,从小习米芾蜀素帖,功底了得,写得一手好字,就是有点孤傲,平时不太愿意轻易为人写字。李斯是从小看着爷爷画画、父亲写字长大的,耳濡目染,偶尔出手画些画、写些字,自然也是那么有模有样的、有板有眼。干枯疏淡与黑密厚重之间,常常规整中带有稍稍的漫不经心与随意奔放,随手拈来。

其实,李斯并不喜欢画画写字。考大学时,他爷爷让他学画,他父亲让他学字。结果,他自作主张学了建筑,毕业后,整天泡在工地上,与数字、材料、灰土打交道。

建筑工地,其实也常常与字画挨边。现在造高楼,常在闹市区,为提升工地档次,公司常在开工前用高墙先把工地围起来。其实是遮羞。高墙刷白了,有实力的建筑公司总是邀请一些能画善写的高手,在白墙上画一些应景的画、写一些暖心的字。

有一回,公司在鹿城造群众文化活动中心,工程前期准备都做得差不多了,就是雾天高速公路堵车,请的画匠,迟迟不见人来,常驻工地的刘副老总急了。这边,公司何老总催得紧,说这几天市里就要安排开工仪式了。这天,李斯正好手上事不怎么忙,就跟刘副老总说,实在急的话,那我来瞎画画。刘副老总说,瞎画就瞎画,只有画点意思出来就行。李斯不紧不慢地去了趟文具店,

最后的箫声

置了些笔墨颜料，还让人开了辆铲车。那铲车随他的手势上下左右移动着，大约花了半天的功夫，一幅江南水乡泼墨写意长卷就占满了那垛高大的白墙，题了词，画上章，远远看，真的可以叫绝。何老总过来见了，眉飞色舞，一连声说好。李斯似乎一下子成了何老总青睐的红人。

换了工地，砌了高墙，刘副老总又找李斯，说，李工，这回还是请你辛苦一下，你的字画，真的绝了。

李斯是喜欢听软话的人，虽说手上的活很多，赶紧忙完了，顾不上坐下来吃口热饭，拿只干馒头啃着，就着昏暗的路灯，在那墙前赶画。画完了回家，挺晚。

又换了工地，又砌了高墙。墙一直白着，刘副老总叫人找李斯，传话的人说，李工，刘副老总让你下班后把画画了。李斯没有耽搁，忙完手上的事，立马画画。画完回家，已过了半夜。

这期间，夏天来了又去，冬天去了又来。夏天和冬天里，在马路边画画，其实是很累人的事。但李斯乐意。老总眉飞色舞一连声说好的样子，是他画画的动力。

又换了工地，估计是又砌了高墙。那几天，李斯一直在公司忙自己手头的工作。正忙着，何老总打来电话。李斯一听是何老总的声音，恭恭敬敬地说，老总，您说。电话里的何老总声音很冷，

第七辑　李斯小传

说，小李，那墙上的画，是你画还是我画？李斯一听，有点懵了。李斯说，老总，这回，没有人让我画呀！何老总似乎耐着性子在说，这回，我何光辉亲自请你画，总请得动吧？

李斯听得出，有人去何老总那里说过什么了。这回，李斯没画，他的心一下子跌入冰窟。没有画画的李斯，出入公司、工地，似乎总是遇见异样的眼神。他清楚，他再也不是何老总青睐的红人了。

一个月后，他只能辞职。

高升之后

人事科长跟他说，谁都知道他到局里工作会高升上去的，他原先在总公司的位子已经安排了别人。

李斯做梦也没有想到自己会被局里提拔上去当秘书。在原先的公司，李斯也名不见经传，只是会涂涂画画而已。高升后的第一天，李斯就被主任叫去开一个会，他的任务是作记录。这可是他有生以来参加的最高规格、最绝密的一次重要会议。会上商议局系统一些重大的人事问题。

会议由党委曾书记主持。曾书记其实是主持党委工作的常务

最后的箫声

副书记，因为姓曾，听上去有点像正书记。姓是祖上给的，曾书记也不能做啥解释。

人事变动方案由局一把手傅局长逐一提出，供领导们一一商议通过。傅局长姓傅，因为姓傅，听上去像副局长。傅局长自然自己不便解释。外面过来初次接触工业局领导的人都有点茫然，公开场面上常把曾书记尊为局一把手，却把傅局长冷落在一边。只是这种非常尴尬的场面常常让傅局长无可奈何。久而久之，傅局长不太愿意跟曾书记同时出现在一些公开的场合，以免尴尬。

这一点，李斯其实在下面公司工作时就听说了。进局工作后，他提着百倍的小心，生怕弄得两位局领导不快。

会议开了很久很久，其实也没商量多少人事变动。只是因为涉及人事，领导们都挺慎重，反复权衡，就像在下一副非常棘手的象棋，每动一着，都耗费领导们很多心思。

一直到夜色笼罩窗外，会议才接近尾声。

傅局长也由严肃变得轻松，说，人事上的事基本上差不多了，还有一件小事请大家看看如何办，—总公司老刘妻子的进编制问题，跟我提了几次了，老刘也是多年的基层干部，这几年公司业绩也不错，局里老凌正好退休，有一个事业编制的名额，是否能考虑给他妻子。这个事么，很难，盯着这名额的人，少说有一个排，

第七辑 李斯小传

我自然不能答应老刘，放到今天的会议上，大家看看，公开着办。

傅局长说的老刘，李斯知道是他们公司的总经理。他妻李斯也认识，早先在农村就找好的妻子，不认识多少字，在总公司下面的分公司管后勤。

傅局长一说，全场一片寂静，所有的领导都不吱声。足足有一支烟的工夫，主持会议的曾书记一看时间也很晚了，礼节性地打破了沉默，说，这老刘么，大家都熟，这老刘也不是太张扬的人，场面上也不喜欢把妻子朝外推，我到现在还没见过他妻子的尊容呢。曾书记突然转向正在凝神的李斯，问，好像也在你们公司，老职工了。大家看看。

李斯被曾书记盯看着不好意思，随口应和，轻声说是老职工了，49岁。李斯在公司里管过企业人事档案，自然记得一些职工的岁数。

又过了一支烟的工夫，大家仍保持沉默，看来谁也不愿公开表态，这事就这般凉着。

看看时间实在太晚了，傅局长就说，就这样吧。于是，会议就散了。老刘妻子转事业编制的事也就没了下文。

会议第二天，局人事科长通知李斯回公司上班。回公司后，公司人事科长又让他去效益最最差的四分公司做业务，人事科长

最后的箫声

跟他说，谁都知道他到局工作会高升上去的，他原先在总公司的位子已经安排了别人。

只几天，李斯一上一下，弄得一头雾水。

过了好久好久，李斯才从一个知情人嘴里知道了事情的原委，因为好多人都在私下传说，那李斯一到局里就跟局长的亲家母争一个事业编制的名额，结果争得焦头烂额，险些把自己的饭碗也争没了。听说这事时，李斯还听说傅局长正跟他们的刘总经理办儿女婚事。刘总经理标致的二丫头嫁给了傅局长那有点木讷的儿子。

暧昧之旅

李斯急了，一转身，竟一眼看见一些凌乱的小药瓶，脑子顿时轰地一下懵了。

没有任何人事背景，靠读书一步步从一个乡下孩子坐上总公司财务主管宝座的李斯是总公司举足轻重的人物。李斯比谁都清楚公司里一些鲜为人知的事，当然也知道经济实力最强的一分公司的一个重大秘密，那就是公司钱经理跟周副经理之间

第七辑 李斯小传

关系暧昧。

钱经理常把李斯引为知己，该说不该说的话从不跟李斯隐瞒。有段时间，钱经理跟周副经理，常东奔西跑出差忙公司的生意，好多回，钱经理总是找十分充足的理由让李斯同行。每回，李斯总婉言谢绝，悄悄跟钱说，你让我当电灯泡呀，我不干。

可这回，总经理让李斯随两位经理到海南开会，在同行的人中，多了一人。这人，便是李斯的部下鲁媚。鲁媚可是周副经理最亲近的小姐妹。而李斯跟鲁媚有那么一点暧昧也是大家都知道的。鲁媚脸长得标致，体形又挺苗条，只是早过了三十，并不急着嫁人。但也有一些知情人私下里说，鲁媚是结过婚的，只是婚后第二天就跟男人拜拜了，可能是男的有啥事骗了她，让她伤心致极。其实，鲁媚跟李斯也不算啥暧昧，就是鲁媚老爱跟李斯说些悄悄话，甚至还要耍些小性子，而李斯呢，总是放下主管架子，陪着一些小心。对鲁媚，李斯总有一些异样的感觉，整日一个办公室转悠，鲁媚身上飘散出来的甜甜体味，总让他心旌荡漾。上班呢，又是同路，鲁媚也老实不客气每天搭李斯的顺风车上下班，这便让同事们多了一些猜疑。

这回，一上路，李斯便觉得四周多了一些暧昧。钱周两位一踏上旅程就亲密得似情人，而鲁媚虽一人忙着手机玩信，身子却

最后的箫声

始终挨着李斯。只是出乎李斯意料的是一踏上海南大地，两位经理便开始了更诡秘的行程，把他俩撂在了会议上。会议设在一个能泡温泉的豪华宾馆，规模不小，只是会议方把李斯跟鲁媚的房间错开在两个楼面上，这让李斯多少有点惆怅。

李斯心里清楚，鲁媚对自己并不讨厌，李斯为此常常想入非非。李斯也清楚自己跟鲁媚的所谓暧昧其实远不是钱、周那种暧昧。李斯当然渴望着跟鲁媚更深层次的暧昧，比如一起泡泡温泉之类的。李斯心里喜欢鲁媚，李斯也清楚这是两位经理给了他暧昧的机会，错过这村就没那店了，更何况李斯也隐约觉得，鲁媚正与另外的什么人缠绵着，说不定啥时就嫁人了。

头天会议上，李斯没找着鲁媚，打了几回鲁媚的电话竟然没人接，这让李斯很纳闷，会场上溜出来敲鲁媚的房门也没人应，这让李斯坐立不安。一直到了晚餐后，李斯才打通了鲁媚的手机，电话里的鲁媚声音细如蚊吟，哎哎的，李斯心一热，鲁媚的撒娇李斯能够感觉到。李斯探问，你怎么啦，不舒服？

鲁媚仍哎着。

我过来。李斯不由得萌生出一些怜悯恻隐之心。

鲁媚的房门竟然虚掩着，李斯一推门就开了。鲁媚正躺着，粉色的内衣裤，露出撩人的光鲜与粉嫩，两条精致的裸腿一屈

第七辑 李斯小传

一伸上下重叠着,把年轻女子所有娇美的身姿静静地展示得无与伦比,纤细的腰肢朝一边夸张地弯曲着,以至让本来标致匀称的美臀显得很是张扬,轮廓分明,风情万种,尤其是胸,短小的内衣里,倾翻的乳山几乎呼之欲出,这让李斯不由得热血奔涌,不能自已。

你好点了吗。李斯克制着自己,让自己的声音尽可能保持着坦然又不失温柔,李斯尽可能不让自己冲动的情绪和浅薄露馅,在年轻女下属面前保持他主管该有的矜持。

鲁媚仍轻轻地嗯了一声,这一声嗯,软软的,让李斯有一种腾云的异样快感。

要给你弄点啥吃的?李斯估计鲁媚一整天啥也没吃。

鲁媚仍嗯嗯,只是李斯觉察出一些异样来,鲁媚似乎陷入昏沉迷糊当中,不能自已。

李斯推了推鲁媚,鲁媚竟然没该有的反应,李斯急了,一转身,竟一眼看见一些凌乱的小药瓶,脑子顿时轰地一下懵了。一边打电话向总台求救,一边拉过一条大毛巾把鲁媚胡乱裹了抱着向电梯口奔。下了电梯在宾馆保安的相助下,登车直奔医院。急救医生看过小药瓶,马上着手给鲁媚洗胃灌肠,一直到后半夜,总算抢救过来却仍在昏睡,李斯也实在困,头一低竟趴在鲁媚的身旁

最后的箫声

打了一个长长的盹。

会议开了三天，李斯只参加了一天会议反到在医院里陪了鲁媚两天。观察过了，鲁媚被准许出院，只是鲁媚啥话都不说，情绪很是低落。

回到公司，有经警等着，李斯这才知道，总经理和想出逃的钱周两位被拘了，据说是经济上出了很严重的问题。

鲁媚也被牵扯了进去，她那里有钱周给的几十万现款。待事情有了定论后，李斯去探望鲁媚，鲁媚跟李斯说了真相，说，那回出差，其实是一个阴谋，只是她不想昧着良心拉他下水。

李斯惊问，为啥？

鲁媚说，因为从你的身上我看到了我弟弟的影子，他正像你一样靠读书奋斗进了城一步步走向事业的辉煌，这对于一个乡下孩子来说是多么的不易。我老做噩梦，害怕有人像我要害你一样去害他，拉他下水，毁他前途。

把自己诬陷了

他想表白，这本是一场游戏、一场打赌，可他知道，这时已没人相信他的话，他已成了劣迹斑斑的坏人。

第七辑　李斯小传

李斯是个好人，一个公认的好人，在学校是个好学生，在家是个好儿子、好丈夫，进了单位自然是个好好先生。

好好先生李斯自然有一套自己的人生理念：身正不怕影子歪。好好先生李斯平时自然也是光明磊落，从不把自己的差错推卸给别人，从不把自己的功劳反复宣扬。该做的事，任劳任怨、毫无怨言；不该做的事，从来不涉足，甚至不嗜烟酒。

有几个跟他玩得很好的同事朋友笑话他：你这人太死板了。人好不是做出来的，而是说出来的。别人说你好，更要自己说自己好。如果别人都说你不好，那众人的口水能把你淹死。

李斯不信邪，说你们有本事把我说坏了，我就服你们了。

于是众同事朋友就跟李斯打赌，谁输了，谁就在城里最有名的皇家经典酒家请客。

于是同事赵笑笑就编了李斯打麻将赌博挨罚的坏话，其实李斯根本不会打麻将。

于是朋友陆咪咪就编了李斯嫖娼被警察逮住的坏话，但众人都说，这太落俗了，还是编成李斯搞同性恋被人痛打够味。

于是朋友孙哈哈瞎编了一个李斯为养小白脸，挪用公家的钞票一类的坏话，正好李斯在单位是搞财务的。

既然是打赌，自然大家都挺认真，于是诬陷好人李斯的坏话

最后的箫声

也就慢慢地传开了。

先是有同事拿着"一束"的麻将牌，让李斯盲摸，以证实李斯不会搓麻将完全是骗人的谎言，进而证实李斯表面说不会搓麻将而背后搓麻将赌博被抓挨罚的事实，再进而证实李斯这个公认的大好人伪善造作的两面派面目。

不多久，李斯晚上骑摩托车不慎摔坏了眼鼻休息了几天上班后，竟然好多人都躲着他，因为谁都在说李斯又进了拘留所，像躲爱滋病菌一般躲他。

又不多久，有人来查李斯的帐，查了一通又一通，虽说没查出什么大问题，李斯最终还是被挪了科室，调总务科做杂事。提干部评先进一律跟他无缘。

被人诬陷的李斯陷入了痛苦。他想表白，这本是一场游戏、一场打赌，可他知道，这时已没人相信他的话，他已成了劣迹斑斑的坏人。因为，每天都有他的坏话诞生。李斯输了，输得服服帖帖，皇家经典酒家，他请了一桌。

陷入苦恼的李斯，抽上了烟成了烟鬼、嗜上了酒成了酒鬼、打麻将斗地主成了高手也成了赌鬼，满嘴脏话，一不顺眼就跟人发熊样，就是谁都敬重的公司大头儿他也敢顶撞。李斯常叨在嘴上的话：我是痞儿，我怕谁。

第七辑　李斯小传

两年后，公司倒闭，好些人都挣粗了脖子想捞好处。李斯发熊了：谁敢他娘的暗厢操作，我就先捅了谁。众人怕他，说这李痞儿，什么事都干得出来，犯不得跟他较劲。

于是李斯借了钱收购了百分之五十一的股份，成了新公司的大头儿。成了大头儿的李斯在公司里立了一条规矩：谁在我公司里使坏，我就头一个开了谁！

腐败狗

不知是哪条草狗，玷污了拉克高贵的血统，而拉克竟然还为它生下了一群怪模怪样的小杂种。

李斯去牌友刘渊家打牌回来时在那边的小区里拣了一条狗，一条似乎有着很纯血统的棕色沙皮狗。李斯是开着新买的"雪佛兰SPARK"迷你车去的，那车正散发着高贵的皮革味道。那狗是在李斯开车门之际趁李斯毫无防备的时候，从花丛中很敏捷地蹿出来钻进李斯爱车的，怡然自得地趴在副驾驶座上，一副死皮赖脸的模样。李斯先是吃了一惊，继而试图赶那狗儿下车，可那狗儿贪婪地嗅着车厢里浓重的皮革味道，愣是不肯下车，那眼神充

最后的箫声

满着哀怜与乞求，那小小的尾巴使劲摇着，一副谄媚的样子。

刘渊接了李斯的电话赶紧下楼来，说那是条人家的弃狗，已经在小区里转悠一、二天了。这一、二天里，只要一见新车，就拼命往里钻，若是没车的人逮它，它就发了狂乱叫乱蹿。几个驾摩托、骑单车的牌友，在一旁撺弄着李斯说，这狗一定是条富贵人家的狗，像我们这些没有轿车的主儿，它还看不上呢！李斯你就带它回去吧，你好歹也是有车有房奔小康的人，没有一条贵气一点的宠狗，还真缺点啥呢！

刘渊也在一边怂恿收留它，李斯想想也是，家里妻子女儿早就嚷嚷着要养条有点品位的狗，这沙皮狗，虽然是条弃狗，看上去还是挺体面的，另外这狗似乎跟李斯也挺投缘的，赖在车上你要赶走它，还不是件容易的事。于是，李斯看着这么条本应该有人宠有人怜的狗就这么流浪着也实在心存怜悯，心一软，也就把这人家的弃狗带回了家。

女儿自然喜欢，还专门为它起了个挺洋气的名字，叫拉克。

可拉克进了家，李斯的妻子便发现这狗其实很特别，骨子里有一种特别的贵气。洗澡，它拼命挣着不愿洗盆浴，犟着偏要洗上淋浴才舒坦，况且近不得低档的洗涤品，喷点普通的香水还老打喷嚏。一换上名贵的香水，它就跟你要嗲。拉屎呢，它自个会像模像样地蹲在抽水马桶上，如是洗手间关着，它宁可憋着满屋子转。睡觉呢，不是软和的床毯或沙发巾，它根本不睡。那吃呢，更是让李斯他们左也不是右也不是，小店里买了便宜的香肠它嗅也不嗅，那牛奶，它也是尽挑口味可口的喝，最气人的是，自来水，它是滴水不沾的，就是纯净水，它还挑着喝呢。那贵气、那娇气、那挑剔，李斯自叹就是他们一家人加起来也没有它这般。它最大的本领就是能察言观色，整天变着法子讨主人们的喜欢，以至更宠它，更怜它。

于是，李斯打电话给牌友刘渊，问刘渊，知道不，这狗是谁家弃的，咋这般贵气，简直是腐败。刘渊电话里说，这么好的狗自然贵气，你好生养着就是了。

李斯说，我总感到这狗太腐败了，养着纯粹是个累赘。后经李斯再三要求，刘渊终于答应帮着打听打听。过了几天，刘渊那里还真有了回话，说，你知道吗？市里的那个权力挺大的头头和他太太一起被人告发了，这狗原本是他太太的性命攸关的宠物，平常时家里雇的人有一半时间就在伺候着这宝贝，这么由着性子宠着，不腐败才怪呢！

一听说是那位权力挺大的头头家的抛弃的宠狗，李斯心里挺不是滋味的，想当年他和妻子想从北方工作的城市迁回老家来，因为这位权力挺大的头头，不知托了多少人，求了多少情，送了

最后的箫声

多少礼,好不容易才把这天大的事给办成了,但李斯因此却倍觉得心里累得慌,而眼下却收留着那贪婪人家的宠物,心里更不是滋味。

于是,李斯跟妻子女儿商议说,把那狗远远地送人吧。为了不再能看到它,李斯开着车,带着它到了郊外一处朋友的鱼塘,骗下拉克。鱼塘上原本有几条草狗,突然见到了这条陌生而贵气的狗便狂吠不止,正当拉克不知所措的时候,李斯蓦然上车启动,而当拉克发觉自己再次被人遗弃时,便发了疯似的跟着李斯的车,凄叫着拼命追赶。

看着拉克孤立无助的可怜模样,李斯几次心软,想停下车来,但一想起那贪得无厌的人,心一横,油门一加,便驾车飞驶而去。那再次被遗弃的拉克,便在后视镜中渐渐缩小,渐渐消失。

李斯很快跟鱼塘的朋友打电话,央他把拉克唤回鱼塘,好生照料好它。朋友告诉他,那狗还在路边发呆,凄凄地叫唤着,那模样确实挺可怜的,但狗毕竟是狗,没人宠它照样能活着。

半年过后,李斯有事经过朋友的鱼塘,想起那被遗弃的拉克,便有意去看看它。

李斯在鱼塘边的草棚附近,见到了那条曾经被唤作拉克的沙皮狗。半年多来最大的改变,便是不知是哪条草狗,玷污了拉克高贵的血统，而拉克竟然还为它生下了一群怪模怪样的小杂种。做了母亲的拉克，神圣而又警觉，它那鼓胀的奶头正任由着小杂种们的吸吮，而为了护卫那些小杂种，拉克完全是一副不容侵犯的样子。

李斯见了，不由得生出一份同情来，叫了声"拉克"，可对于曾经献媚以博一爱的他，拉克现在竟是一副漠视的样子。李斯这才知道，那狗早已淡忘了他，早已淡忘了以前曾经贵气的生活习性，看上去它早已不需要名贵的洗涤用品、香肠、牛奶和纯净水，更不需要抽水马桶和柔软的被褥，它已经回到它的同类当中，它已不需向任何人献媚、乞求收留。而当李斯试图接近它，试图对它有所亲近，试图唤起它曾经有过的殷勤时，拉克竟然冲他大声吠叫，并护着其胯下的小杂种们，并且越吠越凶，一副神圣不可侵犯的架势。直到李斯退到远得再也不可能对它们构成威胁的时候，拉克才转为平静。

李斯突然觉得，拉克已经生活在属于自己的尊严当中，早已不再需要奢侈、不再需要贵气、不再需要娇气，甚至不需要因此而低三下四、死皮赖脸、竭尽谄媚之能事，真正活出了狗的骨气。

！

第八辑　并非传奇

老镇上，总有些老话头。老话头，总有些奇奇怪怪、蹊蹊跷跷的事杂糅在里面。年纪大的听了，诡异地笑笑，似乎有些琢磨不透的意思。年纪轻的听了，问我，这是传奇么？

护　送

陈不饿迟疑再三，惴惴地说，我想摸一下。陈小姐先是一惊，继而落落大方闭上眼说，摸吧！

沪上沦陷，陈家在沪上的纱厂被鬼子炸了。

陈老爷考虑再三，决定还是让女儿回陈墩镇老家。只是沪上到陈墩镇，得乘火车百里，还得转乘船八十里，这兵荒马乱的日子，旱路水路都不安宁，到底让谁护送女儿去呢？

陈老爷想到了绸货店的学徒陈不饿。陈不饿是北方人，陈家远亲，一路逃荒讨饭来沪上投奔陈老爷。陈老爷看小伙人虽干瘦但精神，也精明，便留在店里当学徒。陈老爷想，大难当头，把宝贝女儿托一个沾亲带故的人，心里多少还有点底。

说走就走，陈老爷找人开了路条亲自把女儿送上火车。上得火车，陈不饿身背细软、干粮，贴在小姐身边寸步不离。其实，陈小姐和陈不饿年龄相仿，但辈份上差了好多。陈不饿该管陈小姐叫"姑奶奶"。姑奶奶自然也开心受用。

车上人货很挤，开开停停，百里路竟开了一天一夜。火车转水路，好不容易等上了去陈墩镇的航船。那航船竟也走走停停，老是躲鬼子的飞机。

可能又饿又累，上了航船，陈不饿人竟蔫蔫的，两眼发呆，趴在舱里动弹不得。陈小姐先是没太在意，蜷在长凳上打盹。谁料想，到了前不着村后不着店的大湖里，船上竟有四五个歹人开始兴风作浪，先是跟船老大说狠话，这水路，你长跑，若是今日管一下闲事，我等见一回打一回，小心性命。说罢，开始对客人挨个搜身，大凡随身金银首饰细软，悉数搜走，就连干粮也不放过。

正要搜陈小姐，陈小姐不依，拼命喊叫。陈不饿支撑起虚弱的身子，踉跄着挺身护小姐。

见有人不服，众歹徒便围过来，一看，眼直了：船上，竟还有

最后的箫声

个年轻脸俏的城里大丫头，顿时一个个色心毕现，满嘴淫语，这个一拳，那个一脚，把护着小姐的陈不饿逼入绝境。陈不饿手脚不够，护小姐，细软被抢。夺细软，又怕小姐被人非礼。情急之中，陈不饿嗖地掏出把匕首，把小姐紧紧护在身后。歹人轮番进攻，一歹人抡起一棍，正中陈不饿额头，鲜血直流。摇晃中，陈不饿不顾血流满面，一手拉着船舷，一手持匕首对抗，一腿站着，一腿还击。歹人无心与陈不饿僵持，开心地翻弄着搜来的赃物。

就在此时，三架鬼子飞机呼啸而来，俯冲间丢下的炸弹在船舷边炸开，巨大的涌浪险些把航船打翻。船老大拼命使舵，仓促中尽力让船朝浅滩上冲。

船好不容易冲上浅滩，巨大的惯性，又险些再次倾翻。船上所有的人，跌跌撞撞，有的竟然跌进了水里。稍一停稳，众人呼啦一下全跳下了船，拼命朝湖边苇丛藏身逃命，生怕鬼子的飞机再来。

陈不饿拉着陈小姐，深一脚浅一脚地躲进苇丛。实在坚持不住了，陈不饿趴在烂泥上抠着喉咙呕吐，翻肠倒肚，人抽搐着。陈小姐帮陈不饿简单地包扎了伤口。

一会，苇丛中的人群迟疑着开始朝岸边移动，只是那些歹人还没走远。

第八辑　并非传奇

走着走着，陈不饿渐渐加快脚步，走出队伍，向歹徒靠近，越靠越近。歹人还没反应过来，陈不饿已经靠近他们。只听得陈不饿怒吼一声，左右开弓、上下出击，把几个歹人全打得趴在地上直呻吟。半晌，陈不饿招手，让众人过去，胆大的先过去，找回自己的被抢物件，匆匆散去。

陈不饿心积怨气，时不时飞身踹一脚歹人。众歹人求饶，哭爹喊娘。那抢破他额头的歹人，被陈不饿直打得瘫在地上。

陈不饿解了气，发狠话，你等再作恶，我见一回打一回，小心性命，滚！众歹人惴惴地狼狈逃窜。

陈小姐见陈不饿前后判若两人，心里不解，问，你怎么回事？

陈不饿见四周没人，这才轻声说，我是北方旱鸭子，见不得水，一上船头就晕，人就乏力。这是我致命的软肋，求姑奶奶千万不可泄露天机。

陈小姐为难了，说，我们这水乡，到处是水，没船就到不了镇上。

陈不饿说，我们绕着走，只要在岸上，再多的歹人，我都不怕。

两个人只能一路上绕着走，有桥过桥，实在有过不了的河，才小心翼翼摆渡。困了，就在路边破庙里打个盹。饿了，到路边的人家要一些吃的。一直走了两天两夜，两个人才走到陈墩镇上。

最后的箫声

到了家，陈小姐昏睡两天两夜，醒了，陈小姐把陈不饿叫进自己的房间，说，不饿，你护送本姑奶奶有功，作报答，本姑奶奶愿答应你一件事，无论啥，你尽管说吧！

不饿迟疑再三，惴惴地说，我想摸一下。

陈小姐先是一惊，继而落落大方闭上眼说，摸吧！

陈不饿又迟疑片刻，在陈小姐的再三催促下，这才在陈小姐手腕上带着的翡翠手镯上小心地摸了一下。

陈小姐睁开眼，疑惑着问，你就这样摸了？

陈不饿说，是的。

陈小姐更疑惑，问，为啥？

陈不饿说，我娘原先也有一只跟你一模一样的镯子。爹生病，娘哭着把它当了，一直到我娘闭眼前，也没有把它赎回来。有朝一日，等我有了钱，我一定要想法把它赎回来，这是祖上留下的宝物。

几年后，当陈不饿离开陈老爷家回到北方的时候，突然在自己的背囊里，发现了这只翡翠镯子。他不知年轻的姑奶奶啥时藏进去的。

第八辑 并非传奇

鲃鱼阿胡子

这回阿胡子被鬼子叫去烧鱼,镇上人心里生了疙瘩,日本鬼子在乡下杀人放火,你阿胡子倒好,烧鲃肺汤,讨好日本鬼子。

陈墩镇四周湖里,有一种鱼叫鲃鱼。鲃鱼,身子浑圆,嘟嘟的小嘴,小小的尾巴,鱼皮毛糙有花纹。鲃鱼有个奇特的脾性,就是被人逮住时,只消轻轻一碰,肚子便鼓鼓的,像个小气球。这鲃鱼,陈墩镇人是不太吃的,一则这鱼个小皮毛糙难拾掇,再则这鱼跟河豚有点像。体型像、脾性像,虽说鲃鱼没毒,河豚有毒,若一不小心把河豚当成鲃鱼吃了,那可是要命的事。于是在陈墩镇的鱼市上,鲃鱼很便宜,渔家常常是半送半卖。

镇头"鱼杂摊"阿胡子,却是专门收罗鲃鱼等杂鱼烧汤做菜的。傍皮鱼抄雪里蕻,冻汤一结,厚厚实实一碗,下酒好菜。油炸穿条鱼,再用点酱油蜜渍一下,味道也是蛮好的。更有鲃鱼两吃,阿胡子做出了名气。鲃鱼红烧毛豆子、鲃肺嫩豆腐氽汤,一红一白,一干一湿,一小盘一大盆,价钱不贵,而食客吃下来,

最后的箫声

无不拍案叫绝。尤其那一枚枚鲌肺，色泽鲜艳，映现在白嫩的豆腐花中，唏嘘之间，鲜美无比。阿胡子是外来户，家里根基差，镇头只巴掌大一个栖身地，搭个凉棚，凭一手独门厨艺，做些小本吃食生意，倒也吸引一些囊中羞涩的食客，打个牙祭，解个馋。故而，好多年了，阿胡子的生意，不好也不孬，赚点小钱，对付着一家人的生计。

后来年，镇上来了日本鬼子，占了镇公所。鬼子常带着几个二鬼子，设卡查良民证，还常常开着小快艇，到四周村里抓游击队。有一回，镇公所里的日本鬼子夯觉小队长带着翻译官来阿胡子的"鱼杂摊"，要阿胡子到镇公所帮小鬼子烧鲌肺汤。阿胡子不吱声，夯觉小队长便不耐烦了，用中国话跟阿胡子说，人家都夸你烧的鲌鱼汤鲜煞人，我倒要亲口尝尝。半晌，阿胡子开腔说，我烧了鲌鱼汤，你们也不敢吃。实不相瞒，这鲌鱼跟河豚实在像得很，万一眼钝弄错了，是要吃出人命来的。夯觉小队长说，人家说你阿胡子开店十几年，十几年没事，偏偏给我们做有事了？阿胡子说，我是说万一，这十几年生意中吃客都晓得这个万一。夯觉小队长说着没事没事，硬让翻译官拖着阿胡子去了镇公所。其实，日本鬼子鬼得很，让阿胡子烧鲌鱼汤，活鲌鱼都是自己事先在鱼市上买来的，阿胡子只管现杀

第八辑　并非传奇

现做。

半晌，阿胡子的鲌鱼两吃端上长桌，夯觉小队长一尝，真的拍案叫绝。只是，这回阿胡子被鬼子叫去烧鱼，镇上人心里生了疙瘩，日本鬼子在乡下杀人放火，你阿胡子倒好，烧鲌肺汤，讨好日本鬼子。这下，阿胡子惨了，他的"鱼杂摊"整日冷冷清清，镇上所有的人都绕过他的小吃摊。阿胡子的日子一下子困顿起来，一家老少有了上顿没下顿。阿胡子拉下脸面去求人，没人理他。更有人寒碜他，说你不是在帮人家日本人做事么？阿胡子无奈，来去间一直被人唾骂。

整整半年过去，这期间，十几里外的虬庄100多村民被下乡扫荡的日本鬼子杀了，镇上的人更恨阿胡子了，他们家屋顶常常被人家半夜砸出大洞。阿胡子人前出出进进，总是低着眼，不敢看人。

这天，又到了晚上开饭的时候。四个日本兵对坐在餐桌两边，正襟危坐。夯觉小队长端坐桌子一头。阿胡子，端来鲌鱼汤，把冒着浓浓鱼汤香味的鲌肺汤一一分在他们的饭盒中。晚饭很丰盛，夯觉小队长有意犒劳自己的手下。夯觉小队长一个手势，和四个日本兵一起开始品尝自己面前的鲌肺汤。

一会儿，吃汤的日本兵，一个个身子软了下去，口吐白沫，

最后的箫声

脚一伸一伸的。那样子,明眼人都知道,是中了河豚的剧毒。

日本鬼子吃了自己采买的鲍鱼中了河豚毒,成了一个迷。那些日本鬼子被生挺挺抬上小快艇时,镇上人觉得很解气。

只是,鬼子中毒死了,阿胡子和他们一家子,也突然在镇上消失了。是逃走了,还是被日本鬼子杀了,谁也不知道。这成了陈墩镇几十年来永远的迷。

三抢老娘

蔡家老娘一见儿子们那阵势,立马取了把剪刀对着自己的脖子,抽泣不已。

民国三十八年七月,苏南遭遇暴雨,几十天铺天盖地,直下得天地混沌、汪洋一片、河水猛涨。这水势,半个甲子才一回。低乡银泾村,本来就穷,这回更惨,泥墙茅屋塌了一大片,垦荒所得的低田,大水一淹,注定颗粒无收。大水过后,居无定所、饥不择食的银泾村人,只能外出找活路。蔡家兄弟更是趁机带人四处转悠,能偷则偷、能抢则抢,隔江相望的高乡金泾村深受其害。

第八辑　并非传奇

但金泾村人被逼无奈，几名身强力壮的愣头小伙，自作主张，趁蔡家兄弟进村打劫之时，反而劫得蔡家人质一人。本以为这样可以人质要挟蔡家，以恶制恶，谁料想，心慌之际，竟把人家蔡家瘫在床上的老娘给劫回了村。只见其老娘衣衫褴褛、蓬头垢面、骨瘦如柴。族长一见，直呼坏事，只得召集户主商议，商定老人暂且寄养在村后金家庵里，每户供养一日。族长亲自做了二十多块木牌，每户发一牌，按顺序挂牌轮值，且约定若有亏待老人的，则按族规三十八条处罚。其实，金泾村人都知蔡家兄弟的暴戾，谁也不敢亏待那老娘。

事过半月，蔡家兄弟五人，带了银泾村三十多个蛮汉，拿着刀铳在金泾村村头叫骂，边叫骂边朝天放铳，气势汹汹。这边金泾村人，早有防备，家家户户大门紧闭，身强力壮的小伙也都拿着刀铳棍棒在墙后候着。蔡家有人喊话，我们是来要老娘的，假如你们不放人，我们的刀铳就不客气了。金泾村人谁也不接嘴，跟他们软磨。一直磨蹭到夜色降临，蔡家兄弟无计可施，也就收了刀铳回村，一夜无事。族长看出了蔡家兄弟的内结，愤愤地说，其实蔡家这帮龟孙子乐得把老娘甩给我们，大伙千万不能有个差错，免得日后被他们秋后算账。于是，村里人更加小心，宁可自家缺吃少穿，也不敢亏待蔡家老娘，凡轮上当值那天，总有一人

最后的箫声

专门为老人做三顿好吃的热饭菜送到庙里，还帮老人梳洗，整理衣被。金家庵里的老尼，知一些中医常见疗法，见蔡家老娘瘫在床上，仔细瞧了，发现其实是腿摔伤了没治，骨头错了位。族长听了，指派十几名壮汉，摇船去陈墩镇上，请镇上的骨科郎中重新接了骨。回村后，老尼自己调些草药，帮蔡家老娘精心护理。只半年，蔡家老娘竟能自己摸索着下床，也能自己料理自己了。族长窃喜，心头悬着的石头一半落了地。

半年后，银泾村人又来抢人，这回他们不张扬了，趁金泾村壮劳力都下田干活时，摸进村。然金泾村人时刻有人提防着，一见有生人进村，立马通报传讯。这边有人缠住生人，那边已把蔡家老娘藏了起来。蔡家兄弟没抢着老娘，只得怏怏而归。

其实，蔡家老娘在金泾村有吃有穿，腿脚治好后，脸色也开始红润，终日跟着老尼，看看香烛，扫扫庭院，日子过得挺舒坦。终有一日，76岁的蔡家老娘跟老尼说，自己也要削发为尼。蔡家老娘要削发为尼的消息一传十、十传百，没多少日子，就传得金泾村附近村子的人都知道了。蔡家兄弟自然觉得没了颜面，也知道自己的老娘原来被金泾村人供养在金家庵里，便又带了三十多壮汉径直来到金家庵。蔡家老娘一见儿子们那阵势，立马取了把剪刀对着自己的脖子，抽泣不已。一边抽泣，一边指着他们哭诉，你们几个不孝子，我在家摔断了腿，你们老大推老二，老二推老三，就是没人给我治腿。人家金泾村人，非亲非故的，帮我治好了腿。我躺在床上，你们几个孽子，有一顿没一顿，饿得我满眼金星，巴不得我早死。现在人家金泾村全村轮着供养我，自己省着，把最好的给我吃给我穿。你们倒好，还要抢人家的，偷人家的。你们的良心让狗叼走了。

听到这，蔡家五兄弟再也没有脸面胡来了，齐刷刷地跪在老娘面前，说我们再也不了。蔡家兄弟跪了半天，老大突然起誓，说，老天在上，我蔡家老大若亏待老娘，定遭雷劈。蔡家兄弟一个个发誓。蔡家老娘铁了心。老大无奈，一使眼神，只见几兄弟一一闪身，一人夺下剪刀，一人背起老娘，众人簇拥着打道回村。

报　信

阿宽一脚踩一桶，稳稳浮在湖面上，扁担作桨，踩桶作舟，划水前行。

隆冬，寒风刺骨。三港口水面，结起了薄冰。一夜大雾，凌

最后的箫声

晨时雾更紧了。

二三条日本快艇突然从大雾中冒出来，吓得早起的人一大跳。一会，又有二三条快艇冒出来。端枪的日本兵一下子把三港口这边所有的路、船、人全都封锁起来。

有人过来报信，小学堂里的邓先生得知，汉奸告密，日本兵要偷袭正在对面虬村休整的游击队。

虬村是淀山湖里的一个独屿墩，上千亩田地，近百户人家，原本是湖里的一个活水口，江浙沪交界，游击队进退自如。

十万火急！邓先生急召人想法子，然众人一筹莫展。在小学堂里帮短工的阿宽一听便说，我去！

阿宽钻进大雾，摸到三港口离虬村最近的滩涂边，嗖地一下钻进茂密的苇丛。那苇间小路，只有他一人知道，曲径通幽，转折中向湖边伸延。钻出苇丛，已离虬村只一里多水路。阿宽随手操起一对木水桶和一根扁担。这是他平时藏在这里的。阿宽一脚踩一桶，稳稳浮在湖面上，扁担作桨，踩桶作舟，划水前行。这条水路，他已渡过无数次。他这绝技早在这无数次的渡湖中练得十分娴熟。大雾中，阿宽一直瞄准村头两棵若隐若现的参天银杏。

其实，阿宽这绝技，只有一个人知道。那是虬村的阿兰。虬

第八辑　并非传奇

村人家原本有一些零星的田地在三港口附近，虬村人常摇船过来耕种。阿宽是个没有爹娘没有田地的光棍，他也帮虬村人做些短工。虬村有户姓孙的人家，看他干活卖力，常雇他。孙家二儿媳就叫阿兰，只是个守寡的人。阿兰守寡，没人疼她，心里常郁郁的。阿宽生怕阿兰累着，干活时总帮她一把。一来二去，阿宽跟阿兰私下里竟然有了那么点意思。孙家的大小儿媳看出了端倪。孙家大伯、小叔便当面给阿宽说狠话，你若敢动我们孙家女人脑筋，定打断你的狗腿。谁料想，愈是阻拦，他们愈是走得近。阿兰过来干活，照个面，递个眼神，阿宽全懂。阿宽去虬村，神不知鬼不觉。他没船，然他有一身绝技，两只木桶一根扁担，水上来去自如，两边都是芦苇丛，足以藏身，从没被人撞见。进了阿兰的小院子，阿兰总给阿宽留着门。每回，两人亲热，说些暖心话。有时，阿宽有啥好吃的，背过湖来。阿兰呢，常为阿宽缝缝补补，有时还偷偷地为阿宽做双鞋。

这次，阿宽摸进阿兰小院，门没留着。阿宽一敲门，吓了阿兰一大跳。阿兰一见阿宽，忙推他，压着声音说，你这时来，不想活了？

阿宽说，快召你大伯小叔过来，我有人命关天的大事跟他们说。两人正推搡着，正好被院墙外探头探脑的小叔子探见。一会儿，

203

最后的箫声

小叔子召来好些人，阿兰的小院里充满火药味。

阿宽被逼到墙角中，说，我今天冒死来虬村，是过来报信的。日本快艇就守在对面的三港口，迷雾一散就会把你们村子围住。日本兵咋样，大家都听说。

众人不信。

小叔子问，凭什么信你？

阿宽反问，我亲眼看见，那边都是快艇和日本兵。十万火急，你们凭什么不信？我冒死来送信，就为阿兰，不用你们相信。只要让阿兰跟我走。

众人一听，没心思再逼问，分散传话。

虬村家家有船，以前避强盗抢劫，都有逃生的路。一得消息，家家摇出船扯了帆逃离村子。游击队伤员也一起撤离。

固然，大雾将散没散之际，日本兵的快艇围住虬村，躲在不远处苇丛里的老老小小，看着冲天而起的大火，泣不成声。

几天后，虬村人陆续回村，面对废墟，哭天喊地。

半月后，虬村来人，村里的长者过来跟阿宽说话。长者说，阿宽，我代虬村几百号人给你磕头谢恩。日本人烧了村子，吃的用的，我们很少。但我们有人，村里人商议了，你一个人过日子也不易，若是看中我们村哪个丫头，你说，我来做主。

阿宽迟疑半晌，吞吞吐吐地说，我只要阿兰。阿兰大伯出来讲话，说，若不嫌弃，你过来住我们孙家。我们不是大户，但多少还有几亩田地。

阿宽点头，入赘孙家。全村人合计着筹钱置了条小木船给阿宽。阿宽便用这船为村里人摆渡，几十年风雨无阻。这渡，村里人叫阿宽渡。

陪　床

只是见床沿边一大朵鲜艳的牡丹，觉得挺新奇，她没有大惊小怪，她任由它张扬地绽放。

媛媛是陈墩镇大户裘家的独生闺女，模样俊俏，皮肤水灵灵、小脸粉嘟嘟的。

媛媛十九岁那年，媒人为她说成了一门亲事。男的姓顾，大名叫顾小鼎，精明能干，据说也是大户出生。然小鼎却是顾家老爷偏房所生，从小未曾得到过其父的宠爱，吃过苦，后在裘家南货店学徒，入赘裘家做上门女婿，一说便成。

陈墩镇大户人家结婚，讲究一些老习俗。这其中，新娘

最后的箫声

在新婚前一夜,少不了选个黄花丫头陪个床。因是裘家召婿入赘,这陪床尤其看重。裘家选了几个丫头媛媛都不中意。大户人家闺女不愿陪床,小户人家选过来的丫头,要么长得憨,要么邋邋遢遢的,媛媛没一个看上。临近结婚,媒人又送来一丫头。这丫头倒也长得体态结实、眉目清秀,肤色略黑然有光泽,只是身上有一股鱼腥味。媒人劝媛媛,你不要再挑剔了,要不是人家是渔家女,家里穷,等着用钱,这么俏的丫头,哪里去寻呢?

掐定结婚吉日,新房也就布置停当。渔家女沐了三遍浴,用遍了媛媛平日里喜欢的香水,才勉强让媛媛点头接纳。

渔家女有点胆怯,埋头不语。

媛媛说,以后我就叫你娟娟。我以前最喜欢的一只波斯猫就叫娟娟。

渔家女无奈地点点头。

夜深人静,两人宽衣上床。

待媛媛上了床,娟娟才木头一般僵直地靠床沿仰面躺着,怯怯的。

第一回两个人睡一张大床,媛媛挺兴奋,两条腿恶作剧地从娟娟的肚皮一直搁到脸上,小脚丫还伸进娟娟的小肚兜,挠她的

第八辑　并非传奇

肚皮。突然，媛媛快活地说，娟娟，把你当个大枕头，真舒服。

娟娟却两眼怔怔地盯着床顶上的隐约可见的天花板，心神不定。

闹过了，媛媛睡意起，渐渐入眠。

娟娟却看着天花板越看越害怕，她从没在有屋顶的床上睡过觉，她从小到大睡的是破旧的小渔船，有风有雨有雾有雪，却没厚实的顶压着。以往睁眼看星星睡觉，心里少有的踏实。这回在屋顶下睡觉，娟娟总觉得憋得慌，才闭上眼睛，又突然惊醒，坐起身子，心口别别乱跳。

媛媛被娟娟闹醒，睡眼惺忪，问，你怎么啦？

娟娟哭丧着脸说，我真的不敢睡，我怕屋顶掉下来压着。

媛媛困得很，没有理会娟娟，自顾自呼呼再睡。

娟娟坐着坐着，突然觉得不好，身子里似乎涌了一下，想离床应急却已来不及了，挪开屁股，身子下粉红的床单已是鲜红一片，泅泅地泛开。娟娟越是怕它显眼，它越是张扬，红得耀眼，腥味也慢慢弥散开来。娟娟知道自己再也无法掩盖自己的羞事和罪过，赤着脚站着床前，人不住地颤抖着。

娟娟什么时候逃离新房的，媛媛并不知道。媛媛第二天睡醒睁开眼睛的时候，整个大床就像平时一样只她一人，她没有觉出

最后的箫声

任何异样，只是见床沿边一大朵鲜艳的牡丹，觉得挺新奇，她没有大惊小怪，她任由它张扬地绽放。

伺候媛媛的胡妈，是第一个走进新房的，见床单一下子惊慌起来，大气也喘不过，急急地去媛媛妈房间，悄悄地告诉媛媛妈自己看到的一切。媛媛妈很坦然。胡妈依吩咐悄悄地把床单洗了，晒在后院。可能是那血色浸渍久了，也可能胡妈洗得仓促，那大朵的牡丹留痕，在阳光中隐约可见，微风中，在那些为结婚忙碌的人群前飘动着。

那些过来的女人，窃窃耳语着。

大户人家的喜事是很热闹的，也是公开的。热闹过后，深宅大院里的事，院外往往就不知道了。镇上人只知道，裘家媛媛结婚后，像所有的新娘子一样，慢慢地大起了肚子，而且一天天大起来。足月后，裘家果然添了个大胖儿子，裘府上下皆大欢喜。

满月酒宴，跟结婚喜宴办得一样热闹。

然就在裘家热热闹闹办满月酒宴的那天夜里，有人发现镇头河边一棵树上吊死了一个年轻女子，挺俏的。有人见过，说那是曾为裘家闺女陪过床的渔家女。然镇上所有的人没有把渔家女的吊死与裘家牵连起来。

只是镇上后来有人传言，说裘家闺女以前是个石女，一直在吃城里闵氏中医的秘方中药。再后来,镇上有人私下里传言,说裘家的儿子似乎跟裘家的闺女媛媛长得一点也不像,倒是与镇头河边树上吊死的年轻女子极像。

讨工钿

姚木一口气把七十盅老黄酒喝得滴酒不剩,一喝完,嘴也没抹,拎起大洋便跑。

丁亥年春,陈墩镇几十户商贾大户愿意出资在红木桥堍镇公所旁建一座镇公堂。经商议,破土后的诸如筹资、购料、召匠人、监工、付工钿等所有事宜均由镇商会陈会长操持。陈会长唤了本家两个内侄作帮手。建公堂事宜进展还算顺利,只半个月工夫,陈会长他们就筹集了绝大部分的款项,镇长大人更是鼎力相助。

黄梅天一过,应召的香山帮匠人便入场开工。这香山帮匠人,可是江南一带有名的匠人。据说,明代设计天安门的香山高人蒯祥,便是他们的鼻祖。好多苏州园林、皇家宫殿,出自他们的巧思、巧手和绝技。

这回应召的香山帮匠人大师傅是姚大,徒子徒孙大多姓姚,

最后的箫声

师承有序。姚大和众人一起吃住在工棚，至寒露，公堂便结了顶，姚大让大徒弟姚木带两三徒弟收尾。按入场时商议，匠人吃住由陈会长安排，收尾时先付少些工钿，年前付清全部工钿。

然陈会长第二笔工钿一拖再拖，一直到大年廿九还没兑现，陈会长总有推托，唯一不可推托的是公堂确又是香山匠人们的一处精湛建筑。姚大实在耗不起，留下姚木自己先回了香山。

年廿九夜，陈会长设宴款待姚木，一口允诺，酒足饭饱后，定奉上余下的七十块大洋。那七十大洋究竟是多少钱呀？那足足可以养活几十家子上百口老少，忙乎了大半年的匠人们，一家家都伸长脖子等着这活命钱。

酒，确实好酒，绍兴的陈年甏装老黄酒，喝上去，喉咙口黏黏。姚木虽是吃百家饭的，然这么好的老酒，还是头一回上口。姚木酒量好，然不贪杯。小呷一口，应酬着。陈会长不依，另一张八仙桌上，放着七十枚现大洋，说一盅一块现大洋，你喝七十盅，便如数给你七十块现大洋，一块不少。你若不行，让你家姚大来。姚木自知今晚已被陈会长逼入绝谷，为了百十口老少的性命，他只能豁出去了。

陈会长倒也是个仗义之人，请姚木当着镇上最德高望重的几位老者的面，把七十块现大洋一一验过，确保全为真大洋封好后，

第八辑　并非传奇

开始上酒。

陈会长请人端上来的酒盅，并不小。陈会长笑着说，姚木老弟，请不在意，我陈某在镇上也是出头露面的人，酒盅太小，被人笑话，说是我陈某款待香山师傅小气。

话是这么说，姚木真要一口气喝下这么多酒，谁都说绝对不可能。姚木心里也在打鼓，快喝也是醉，慢喝也是醉。但慢喝醉了，很有可能陈会长他们趁他烂醉如泥时，在大洋上做手脚。于是，出乎所有人的意料，姚木站起身，先吃了几只塞肉水面筋，填填底，随即，像喝水一样，一口气把七十盅老黄酒喝得滴酒不剩，一喝完，嘴也没抹，拎起大洋便跑。冲出大门，用手指朝喉咙里用力一挖，那一肚子的酒水，喷了一地，引来好几条饿狗争食。姚木一路走一路喷，饿狗一路跟着争。姚木没醉，狗都醉了。

陈墩镇到香山，旱路一百里。其间，还要摆几个渡口。姚木把现大洋贴身扎结实了，一路快走，逢渡口，一自报"我是香山帮姚木"，便会有船家起身摆他过河，有时不但不收他摆渡钱，还一片好意塞些锅巴、山芋让他路上充饥。实因这香山帮不则技艺好人缘也好。

一路快走，半夜时分，姚木已经走了一半路。到斜泾浜渡口，正要找渡工，却见星光下的渡口这边停着一艘拉渡船，这渡船好

最后的箫声

就好在两岸都可以拉，没渡工也不碍事。但就在姚木跳上船还没站稳时，船里突然蹿出两个汉子，一个紧紧勒着他的脖子，一个拉扯着他的腰间。姚木自知遇上了亡命歹徒，小小的渡船摇晃着，他根本使不出劲，而一歹徒死命勒他的脖子，让他喘不上气。情急之中，姚木使出全力一弯腰，伸手在裤腿边绑带里抽出防身的木工平凿，只一凿，便扎中一歹徒的大腿。一歹徒大叫，仓皇逃窜。另一歹徒见姚木手持利器，怕了，也撒手就逃。

姚木惊魂未定，拼命拉绳，上得对岸又一路飞奔，实在奔不动时，就趴在田沟里，看四周的动静，吃些东西。奔奔、趴趴，天亮时分，终于叩开姚大家的大门。唤上帮里的匠人们，姚大当着众人的面验钱。然结果，让所有的人一下子从热水里掉入冰窟。那些大洋，一大半是假的。顿时，场院上绝望的哭声与喊声连成一片。

姚木说，师傅师兄弟们，我知道这事的蹊跷了。你们去几个护着这钱跟大师傅去陈墩镇跟人论理，我还得去找一个腿上有凿伤的汉子，找一些人同去。

姚大到得陈墩镇，陈会长死不承认，叫来几位见证的长者，姚大空口无凭。事情闹大，惊动镇长。镇长也说没法子，大洋是姚木一枚枚验过的，有长者见证，他一个人拿出门后，事就说不清了。

第八辑 并非传奇

姚大只能怏怏而归，香山帮的匠人们含着泪过了一个从来没有过的心酸年。

一直到大年初四，姚木回来了，他让众人一起去陈墩镇论理。

匠人们聚在陈墩镇镇公所，姚大他们唤来镇上有头面的商贾大户家主人。镇长也在。

姚木揭露了一个惊天阴谋。说有两个歹徒，斜泾浜渡口上，抢劫了他，他反抗，一歹徒腿上受了伤。周庄伤科钱郎中，可以作证，他为这个歹徒治过伤，缝了七针。这歹徒就是陈墩镇人，现在正在家里养伤，我的几个徒弟在他家四周已经蹲守了一天一夜。我们可以看看这人究竟是谁。

众人过去一看，都愣了，这分明是陈会长的一个本家内侄。众人都非常愤慨，责问道，我们各家出的钱，哪去了？

香山帮匠人们复又拿到了真正算自己的工钿，补过了一个年。

遛鱼王

那鱼挣扎时鱼尾击起的水花，让阿强惊呆了，简直就是一条小牛。

最后的箫声

阿隆从小在淀山湖畔长大,不但水性好,钓鱼技艺高,尤其是遛鱼功夫,忒厉害。方圆几十里,好多人都知道银泾村有个遛鱼王。那本事,了得!钓鱼,最见功夫的还是遛鱼。湖边野钓,偶尔有大鱼上钩。特别大的鱼,钓者一般不能太急,太急了,不行,得慢慢遛着,与大鱼较量。钓鱼的乐趣,就在这一次次遛鱼中。

一般说,大鱼初上钩时,会积聚全身之力,乱窜、跳跃,拼命挣脱。钓者切不可硬拽,适当收放,软硬之间,杀其锐气,耗其体力。大鱼挣脱无望,也会一次又一次打桩,与钓者斗力较劲。鱼大,打桩时力也挺大,钓者若一急,或绷断钓鱼线,或折断钓鱼竿,最终功亏一篑。

阿隆的本事,绝就绝在不管鱼再大、再狡猾,从没失过手。于是,附近有人钓住大鱼,便打手机让阿隆过去帮忙。阿隆接了电话,一边教钓鱼者稳住大鱼,一边赶到现场。

有一回,阿强钓住了一条大鱼,忒大。那鱼挣扎时鱼尾击起的水花,让阿强惊呆了,那简直就是一条小牛。阿强急唤阿隆,阿隆让阿强先稳住,便赶了过去。那是淀山湖进村的一条大河,河面宽,水深,遛鱼挺难。阿隆接住渔竿时,吩咐阿强找船。船找来一靠近,阿隆便飞身上船,斗起鱼来。大鱼先是打桩,跟阿

第八辑 并非传奇

隆耗耐心。耗了整整一个时辰，阿隆端坐小船首，以不便应万变。一个时辰后，大鱼开始拉纤，阿隆紧攥渔竿，该放时放、该收时收。大鱼劲特别大时，小船便随着大鱼朝深水大湖里移。眼见大鱼拉着小船和阿隆渐渐漂进大湖，越漂越远。众人在岸边观望，黑压压一大片人头，像是过节。只见阿隆不紧不慢与大鱼较劲。从上午十时一直到下午三时，阿隆就这么耗着。到了下午三点后，阿隆不再端坐船头，起身跨立着，一会儿收线一会儿放线。收放之际，大鱼重又向村河里移过来。最终，大鱼被遛进小河湾里，阿强事先准备的拉网派上了用场，网兜住了大鱼，拖上了岸。那是一条少见的大青鱼，一称，乖乖，整整八十三斤。好多老人也说难得看见这么大的鱼。

有人拍了照片发给报社，第二日的市报上刊登了。隔了一天，省晚报上也刊登了。阿隆风头出了，名声也大了，便有喜欢钓鱼的径直过来取经，也有人干脆来拜师。

其实，阿隆有他的营生，夫妻俩开一家小渔具店。平时，老婆看店，他常被养鱼人叫去。那些养鱼户平常有些客人赶来鱼塘指定要买大鱼，若数量不多，养鱼人便让阿隆用渔钩钓。这样，对鱼惊动不大。钓鱼，使阿隆和附近好多养鱼户成了朋友。钓鱼，少不了遛鱼，能遛的鱼大多是大鱼。每次遛鱼，看的人很多。阿

最后的箫声

隆也不保守，人家要学，他也耐心教。养鱼人一般每钓一条鱼，结算给阿隆两块钱。阿隆手脚快，有绝活，一天净赚个七八十块钱，不在话下。名气响了，阿隆小渔具店的生意也好了。

只是后来阿隆心里犯了疑惑，附近好多养鱼人都不叫阿隆钓鱼了，朋友也便生疏了。传说鱼塘里常丢鱼，神不知鬼不觉的。不用船、不用网、没大动静，这偷鱼贼，绝非等闲之辈，没有阿隆的绝活，也与阿隆相差不多了。言下之意，阿隆也成了被怀疑的人。

阿欣是个养鱼人，与阿隆走得忒近。阿欣不但养上市的鱼，还养孵小鱼苗的亲鱼。有段时间，阿欣常为鱼塘里丢亲鱼犯愁。亲鱼养在内塘，都在十斤、二十斤之上。阿欣跟阿隆说，按量喂的鱼食常常吃不完，水面动静也越来越小了。而内塘和外塘是用几道鱼箙隔着。那鱼箙的绳索似乎也常被人动过。其实，阿欣每晚就睡在看鱼棚里，然鱼塘太多、太大，阿欣夫妻俩也实在是顾了头顾不了尾。阿欣信任阿隆，每次少鱼，都暗中唤阿隆过来看究竟。

有一天早上，鱼塘里出大事了。阿欣一早起来，就见外塘水面上漂着一个人。报了警，民警过来一看。那人有些脸熟，是常来看阿隆遛鱼的人。那溺水的偷鱼人是被自己的鱼线缠住

第八辑　并非传奇

了。鱼线的另一头，竟然是阿欣养了好多年的亲鱼王，三十多斤，怎么被他遛到外塘的，确实是个迷。阿隆推算，定有好些人在岸上悄悄相助。果然不出意料，鱼塘里死了人，随即有一群人到鱼塘上来闹事。闹了几天，惊动了镇上和市里的公安。最终也是阿欣倒霉，赔了几万块钱，退了承包的鱼塘。夫妻俩含着眼泪离开了银泾村。

就这事，外面有人传说，溺水的偷鱼人是阿隆的徒弟，曾跟阿隆学过遛鱼，那偷鱼的鱼钩和鱼线都是阿隆特制的。阿隆有口难辨，自己也真没想到，自己一点小本事，竟害了两家人。

也就这事，阿隆的渔具店，夜里被人砸了几次，阿隆也懒得打听是谁砸的，关店歇业，并发誓，这辈子再也不遛鱼了。